ラルーナ文庫

虎族皇帝の果てしなき慈愛

はなの みやこ

三交社

CONTENTS

Illustration

藤 未都也

虎族皇帝の果てしなき慈愛

本作品はフィクションです。
実際の人物・団体・事件などにはいっさい関係ありません。

強い風が、馬車の窓をけたたましく叩《たた》いている。その音の大きさに、初めこそ驚きはしたものの、数日も経てばそれも慣れた。あまりに風が強いため、窓が割れはしないかとヒヤヒヤしたが、特別な硝子《ガラス》で造られているのか、ひび一つ入っていない。窓の向こうは、一面の銀世界を覆うほどの猛吹雪だ。

国境検問所を越えたあたりから降り始めた雪は、日に日に量が増えているように思う。その中でも、馬車は出発した時と変わらず、同じ速さで走り続けている。先頭に座っている御者が人間であれば、とてもこうはいかないだろう。

ノエルは最初に深々と自分に対し頭を下げた、虎族《とらぞく》の青年の姿を思い浮かべる。大柄で、屈強な身体《からだ》はノエルと同じ二足歩行で人間と変わらなかったが、長い体毛に覆われた頭は虎と同じものだ。

これまでも何度か虎族を見たことはあったが、ほとんどは耳や尾はつけているものの、頭や身体は人とそう変わらなかったため、少しばかり驚いた。

ビロードのカーテンの向こう側にいる、ノエルを迎えに来た使者である男性も、耳こそ虎と同じものが頭についているが、それ以外は人間の姿とさほど変わらない。

ヤコフと名乗った柔和な容姿の男性は、見た目通りに優しく親切で、馬車に乗る以前から細やかにノエルを気遣ってくれている。　馬車を進めながらも、定期的に休憩をとってくれているのもそのためだろう。

「……あの」

自分で思うよりも、出た声は小さく、か細いものだった。

元々、大きな声を出すのは苦手なのだ。

王都を出てからすでに十日は経っているが、その間ノエルが自分から話しかけたことはほとんどない。話しかけずとも、常にヤコフの方からあれこれと話しかけられるため、ノエルは返事をすれば十分だったからだ。

今の声の大きさでは、とても聞こえなかっただろう。

どうしよう、もう一度、今度はもっと大きな声で話しかけるべきだろうか。

けれど、もし休息をとっているなら自分が話しかけては迷惑になる。

次に話しかけてもらった時に言うべきだろうか、いや、やはり……と思っていれば、目の前にあるカーテンが揺れ、そこからヤコフが顔を出した。

「如何《いかが》されましたか、皇妃様」

どうやら、しっかり聞き取ってくれていたようで、俯《うつむ》き、顔を難しくしていたノエルは慌てて顔を上げた。

「あ、あのお休みのところ、申し訳ありません……えっと……」

なんと言えば、失礼にならないのだろうか考える。

そもそも、今の言葉だってヤコフは休んでおらず、仕事をしていたとしたら、失礼になってしまうのではないか。

「……お疲れになりましたか？　馬車の速度を、少し遅くさせましょうか」

馬車の走らせ方は丁寧ではあるものの、それなりにスピードを出せばやはり振動も大きくなる。

ノエルとしては、ある程度覚悟はしていたしそれほど気にならないのだが、ヤコフは振動が大きくなると御者の男性に対しすぐに指摘していた。

「そ、そうではなくて」

首を振り、早く話さなければと心が急《せ》く。ヤコフが、不思議そうにこちらを見ている。

「今日は、一段と風が強いため、雪で前を見るのも大変だと思います。決して、御者の方のお力に疑心があるわけではないのですが、こういった中での走行は集中力を要するため、お疲れになると思います。それで、その、もう少し速度を弱めるか、休憩を多くとられてもいいのではと……」

一気に、自分の思っていることをノエルは口にする。

自分を見るヤコフの細い瞳《ひとみ》が見開いているため、何か間違った言葉を使ってしまっただろうかと不安になる。

ノエルが生まれ育ったヘルブストで使われている公用語はヘルブスト語で、虎族が使うヴィスト語とは異なっている。

文字は同じなのだが、並びや発声が違うため、習得するにはそれなりの修練を必要とする。特に、ヘルブストとヴィスナーは長い間国交がなかったこともあり、ヴィスト語を喋《しゃべ》ることができる人間はごくわずかだ。

他の生徒は、外国語を学ぶならば他の言語を学びたいと思うようで、学院でヴィスト語の授業を選択していたのはノエルだけだった。

さらにノエルは厳しいことで有名なヴィスト語の教師から褒められていたこともあり、日常会話程度なら大丈夫だろうと思っていたのだが、認識が甘かったのだろうか。

「す、すみません。あの、私のヴィスト語、どこか間違っていたでしょうか……?」

心配になり問いかければ、ヤコフは元々下がり気味の目じりをさらに下げ、ゆっくりと首を振った。

「とんでもない。とても、正確で、きれいなヴィスト語ですよ」

「あ、ありがとうございます……」

とりあえず、ホッと胸を撫《な》で下ろす。

「まず、御者への労《ねぎら》いの言葉をありがとうございます。ただ、私どもの瞳は、雪の中でも遠くを見渡せるようにできております。特に、今御者をしている男は軍でも五本の指に入る優秀な騎兵で、この程度の吹雪でしたら造作もないことでしょう。それに、この峠を抜けれぱ風もだいぶやむはずです」

「そんなに、すごい方だったのですか……すみません、私などのために」

「陛下の大切な皇妃様をお迎えに伺うという、とても名誉な任務です。陛下からも、命に代えても無事に皇妃様をお連れするよう、言われております」

ヤコフが、穏やかに微笑《ほほえ》む。

「ですが皇妃様、皇妃様のお使いになる言葉は少し丁寧すぎます。臣下である私どもにそこまでの気を使われる必要はありません。首都のスラヴィアまでは、あと七日ほどで着く予定ですが、どうかごゆるりと、お寛《くつろ》ぎになってください」

「は……はい。ありがとうございます」

畏《かしこ》まり、そう言うとヤコフはゆっくりと頷《うなず》き、礼をしてカーテンは再び閉められた。広い馬車の中で、ノエルは少しだけ足を伸ばしてみる。

虎族は人間よりも平均的にみな大柄ではあるが、最初見た時には、こんなにも大きな馬車があるのかと驚いた。

こっそりと、持ち込んだ地図を広げ、馬車がこれから走っていく道を予想する。

昔から、地図を見るのが好きだった。そのため、この大陸の地形であればだいたい把握していたつもりだが、やはり頭の中で考えるのと実際に自分の目で見るのとでは、随分感覚が違った。

途中で通った川は想像していたよりもずっと広く、流れが急であったたし、登った丘にも傾斜があった。

「帝都……スラヴィア」

ゆっくりと地図の上をなぞっていき、城のマークを指さす。

ノエルの伴侶《はんりょ》となる虎族の皇帝、ファリド・ティグレラの城だ。

屈強な虎族の男たちがその一声で平伏す、冷酷で、とても恐ろしい皇帝だとヘルブストでは言われていたが、ノエルはそうは思わなかった。

ファリドの代になってから、ヴィスナーの近隣諸国への対応は随分柔軟なものになっていたからだ。ただ、そんなファリドに人間で、しかも男である自分が嫁ぐことになるなど思いもよらなかった。

もう一度地図に視線を落とし、今度は馬車が通ってきた道を辿《たど》り、シュトラルと書かれた場所にある城を見つめる。

同時に、最後に自分を見つめていたジークフリートの驚愕《きょうがく》の表情を思い出す。

幼い頃から知っているが、ジークフリートのあんな顔を見たのは初めてのことだった。

窓の外へ目を向ければ、風はだいぶ穏やかになり、遠くの山々までよく見通せるようになっていた。

地形も気候も、何もかもがヴィスナーとは違う場所だ。

「……さようなら、ジーク」

誰《だれ》にも聞こえぬように、小さくノエルは呟《つぶや》く。

そして、おそらくもう二度と会うことはないだろう、友の幸せを願った。

――五カ月前。

ヘルブスト国・首都シュトラル。

クスクスという小さな笑い声や、囁《ささや》くような話し声があちらこちらから聞こえてくる。

静まり返った教室では、彼ら彼女らの声はことさらよく響いた。

「我が国の主産業は豊かな資源と、貿易であり……」

ちらちらと手に持った紙を見ながら、ノエルはたどたどしくも説明を続ける。

本当は全《すべ》て頭の中に入っているのだが、紙がなければ緊張して、何も言えなくなってしまうからだ。

「ねえ？　長くない？」

すぐ前の席にいた生徒が、隣の生徒に話しかければ、自分の方をちらちら見つめて何か囁いた。

内容まではわからないが、何か嘲笑《ちょうしょう》していることは明らかだ。

それにより、ノエルの声はますます小さくなっていく。

「沿岸部の都市は発展を続けていますが、これから必要なのは、港の整備であり、特に伝染病を予防するためには」

「聞こえませーん！」

一人の男子生徒が大きな声で言った。笑い声が、どっと大きくなる。

ノエルは、もはや口を開くことすらできなくなってしまった。

「こら、静かにしてればちゃんと聞こえるはずよ。ノエル様、レポートは素晴らしい出来でしたので、もう少し自信を持って説明してくださいね」

若い女性教師が、困ったような笑いを浮かべる。

頷いたノエルが席へとつけば、また背後から声が聞こえてくる。

「レポートの出来はよかったんだって、本当に自分で書いたのかな？」

「どうせ、殿下に書いてもらったんでしょ」

そんなことない、このレポートは、自分が図書室で何日も資料を探して、寝る間も惜しんで書き上げたものだ。すぐにでも後ろを向き、そう言えたらどんなによいだろう。

けれど、意気地のないノエルにはそんなことはとてもできない。言い返したところで、せせら笑われることは目に見えているし、ジークフリートにどんなふうに伝わるかわからない。

結局ノエルは下を向いたまま、膝《ひざ》に置いた手を、ギュッと握りしめることしかできなかった。

「では、次に……クリームヒルト様」

「はい」

教師に名を呼ばれ、ノエルと同じ列に座っていた少女が背筋を伸ばして立ち上がった。腰まである長い金髪が、さらりと揺れる。教室中が色めき立ち、すぐに静まり返った。彼女の言葉の一言一句を聞き逃さぬように。

「前国王陛下が啓蒙思想を導入されて以来、我が国における学校、大学の数も増え、著名な哲学者や思想家も誕生いたしました。そんな中、わたくしはこれから我が国において重要なのは、女子教育だと考えます。隣国である……」

クリームヒルトの、清らかな、鈴の鳴るような声が教室中に響き渡る。

こっそりとノエルが右を向くと、レポートをほとんど見ずに研究成果を発表するクリームヒルトの姿が見えた。

バラ色の頬《ほお》に長い睫毛《まつげ》、碧色《へきしょく》の瞳を煌《きら》めかせた美しい少女に教室中の視線が集まっている。ノエルの時には苦笑いを浮かべていた教師も、今は笑顔で何度も頷いている。

「以上です」

クリームヒルトがそう言えば、わあっと何人もの生徒たちが自然と拍手を送る。拍手が起こったのはクリームヒルトの時だけで、ノエル以外の生徒の時だって拍手なんて起きなかった。

クリームヒルトは特別なのだ。実際、発表の内容だって素晴らしいものだった。

ただ、やはり胸はジクジクと痛んだ。

順番がちょうど前後してしまったこともあるが、自分との反応の違いをまざまざと見せつけられてしまったからだ。

そのまま授業の終わりを告げるベルが鳴ると、教室内の生徒たちがみんなクリームヒルトのもとへと集まっていく。

ノエルはそれを横目に見ながら、逃げるように教室を出た。


「ノエル」

速足で廊下を歩いていると、後ろからポンっと軽く肩を叩かれた。

「あ、エルマー……」

思った通り、後ろにいたのは友人のエルマーだった。

「食堂行くんだろ、一緒に行こ」

爽《さわ》やかに微笑むエルマーに対し、ノエルも小さく頷いた。

エルマーは今年十六で、年齢はノエルよりも二つほど年下だが飛び級でこの学院で学んでいる。

王立ハイデンベルク学院は、伝統と歴史がある、ヘルブストにおける最古の学校だ。

在籍している者の多くは大貴族の子弟で、将来は高い官職を得て王宮で働くことが約束されている。

平民や下位貴族の中から入学が認められる者も時折いるが、難関試験を突破した一握りの優秀な人材だけだ。

学院の作られた主旨自体が、王宮で働く優れた人材を確保するためであるため、身分に関しても比較的寛容だ。

さらに、かつての後宮制度があった頃の名残で、王や王太子の目に留まるような、容姿の美しい人間も集められている。

実際、王太子が在籍中に学院の生徒を見初め、卒業後は妃となった例も過去にはある。

外見の美しさだけでは入学は認められることはなく、厳しい審査、主に身分や家柄がどのようなものであるかを調べられるのは、王太子妃となる可能性があるからだ。

つまり、学院に在籍しているのは大貴族の子弟か、そこそこの身分であるが見た目の美しい者か、または抜きんでて優秀な頭脳を持っているか、のどれかとなる。

ノエルは、そのどれにも当てはまらなかった。

家柄こそ悪くはないものの、父が事業に失敗してしまった所謂《いわゆる》、没落貴族の三男であるし、容姿もそれなりだ。

顔立ちは悪くないとは言われているものの、他のパーツに比べ大きすぎる瞳はまるで子どものようで、ノエルにとってはコンプレックスだった。

学院に来るまでは栄養状態もあまりよくなかったため、痩《や》せっぽっちで背も低いこともあり、さらに貧相に見えた。

白い肌だけは褒められることもあるが、明るすぎる赤毛の方が目立ってしまっている。

金や黒の髪が美しいとされるヘルブストにおいて、ノエルのような赤毛が褒められることはない。

瞳の色の紫も、幼い頃はよく褒められたが最近は前髪を長くしているため、ほとんどの者は気づかない。

そんなノエルがどうしてこの学院に在籍しているのか、それはノエルがこの国の王太子、ジークフリートの婚約者だからだ。

婚約者といっても婚約の儀も終えていない、中途半端な立場ではあるのだが、ノエルが妃となることは国王陛下も認めているため、周囲からはほぼ決まったものだと思われている。

ジークフリートは、明るい金色の髪に、碧《みどり》の瞳を持つ美男子だ。

昨年この学院を卒業したが、頭脳明晰《めいせき》、人格も素晴らしいと有名で、年頃の貴族の子弟であれば、誰もがジークフリートに憧《あこが》れている。

けれど、そんなジークフリートの婚約者であるという立場は、明らかにノエルにとって重責で、負担になっていた。

自分とジークフリートでは釣り合わないことはわかっているし、学院中のほとんどの人間が陰で囁いていることも知っている。

それに、何より。

「エルマー」

俯き加減に、エルマーの話を聞きながら歩いていたノエルは、友人を呼ぶ声にハッとして顔を上げる。

「ジークフリート殿下……に、ハームンド殿」

中庭でも眺めていたのだろうか、食堂へと続く長い回廊の中央あたりに、ジークフリートと、その親友であるハームンドが立っていた。

昨年までこの学院に在籍していた二人は、今でもこうして時折ふらりと現れることがある。

二人とも長身で、さらに顔立ちも整っているため、二人が来ると生徒たちも喜び、学院全体が華やいだ雰囲気になる。

「今、授業が終わったところか？　お前の噂《うわさ》は聞いてるぞ、教師陣も舌を巻いてるらしいじゃないか」

「殿下ほどじゃありませんよ。殿下が学院にいた頃は、殿下と教師の議論で授業が丸々つぶれたことがあるって聞いたことがありますよ」

「その話には続きがあるんだよエルマー。授業どころじゃない、その後、放課後まで二人の議論は続いてたんだから。勿論《もちろん》、俺は先に帰った」

「冷たいやつだろ？」

楽しそうに会話をする三人に対し、ノエルはこっそりと後ずさる。

時折ちらちらと視線を向けるエルマーはノエルのことを気にしているようだが、ジークフリートにはノエルのことなど見えていないようだ。

自分がジークフリートの婚約者とは名ばかりの、お飾りの存在であることはわかっている。

それでも、こういった時の疎外感はいつになっても慣れない。

「それにしても、殿下だなんて水臭いな。お前、ちょっと前までは兄上って呼んでいただろ」

「そ、それは……」

エルマーが、少し狼狽《うろた》えたような表情をし、そしてノエルの方を見る。

そうだったんだ、と今になってその事実を知ったノエルは、自分に気を使っているらしいエルマーに対して申し訳なく思う。

別に、今更そんなことでは自分は傷つかない。

「王太子殿下に対して、不敬な物言いをするわけにはいきませんので……」

「不敬って、将来的にはお前は俺の右腕になる予定なのだから、そんなことでは困るな」

やんわりと、ジークフリートの言葉を否定するエルマーに、ジークフリートが小さく笑う。

「ですが……」

「ジークフリート様、我が弟をそんなにいじめないでやってくださいませ」

そこに、クスクスと笑う、鈴が鳴るような、美しい声が聞こえてくる。

三人の会話を聞いていたこともあり気づかなかったが、いつの間にやらクリームヒルトが後ろに立っていた。

クリームヒルトとエルマーは兄妹で、金色の髪や青い瞳がとてもよく似ている。

学院内で二人が話しているのはあまり見たことはないが、エルマーがクリームヒルトを慕っていることはノエルもよく知っている。

「人聞きが悪いな、俺がお前の弟をいじめるわけがないだろう？」

ジークフリートが、クリームヒルトに対して笑みを零《こぼ》す。

自分に対しては向けられることのない、ジークフリートの笑顔に、こっそりとノエルは視線を逸《そ》らす。

仲睦《なかむつ》まじく、会話を続ける二人はとても幸せそうで、互いを想いあっていることが傍目《はため》にもわかる。

当たり前だ、クリームヒルトはノエルのようなお飾りの婚約者ではなく、正真正銘の、ジークフリートの婚約者なのだから。

「これから食事か？」

「はい」

「ちょうどいい、俺たちもそのつもりだった。エルマーも一緒にどうだ？」

「え？」

自分も誘われるとは思わなかったのだろう。エルマーがノエルの方へ視線を向ける。

もしかしたら、自分に気を使っているのだろうか。それなら、気にすることはないと顔を上げれば、ちょうどジークフリートと目が合った。

今気がついたとばかりにノエルを見るジークフリートの視線は冷たく、疎まし気だった。

「あ、あの……」

何かこの場を離れる言い訳を考えなければと思うのに、咄嗟《とっさ》に言葉が出てこない。

ますます、ジークフリートの眉間《みけん》に皺《しわ》が寄る。

「あ、ノエルも一緒にどうかしら？　さっきのレポート、とても興味深いものだったもの。詳しく聞きたいと思ってたのよ？」

クリームヒルトが笑顔でノエルに声をかける。優しさからであるとはわかっているが、そんなクリームヒルトの気遣いも、ノエルの気分をより惨めなものにさせた。

「レポート？」

「はい、今日は社会学の研究の成果発表の日だったんです。ノエルの研究は、医療と福祉に関するもので」

「お前は？　何に関して研究したんだ？」

「この国における人材の育成と、女性の教育に関して、です」

「それは、頼もしいな。王太子夫人じゃなくて、父君のように大臣を目指してみるか？」

「もう、意地悪を言わないでくださいませ」

わかっていたことだが、ジークフリートはノエルの研究に少しも興味を持つことはなかった。

無理もない、才媛《さいえん》と名高いクリームヒルトと自分の研究では、雲泥の差があるだろう。

元々勉強は好きで、少しでもジークフリートと対等な会話ができるようにと日々努力してきたが、やはり意味はなかったようだ。

「っと、続きは食べながら話そう。エルマーの意見もぜひ聞きたいしな。食堂だと落ち着かないし、応接室へ食事を届けさせよう」

そう言いながら、ジークフリートが歩き出すと、クリームヒルトも自然とその後へと続く。

エルマーはノエルの方を気にしてか、立ち止まったままだ。

それに気づいたジークフリートが足を止め、振り返ると不快気に顔を歪《ゆが》めてノエルの方を見る。

「さっきから鬱陶《うっとう》しいやつだな。一緒に来たいのなら」

「悪い、忘れてた。俺、ヴィスト語のことでノエルを連れてくるよう、叔父上《おじ》に呼ばれてたんだ」

ハームンドのあっけらかんとした声が、ジークフリートの言葉を遮る。

「……アウグスト先生が？」

ハームンドの叔父であるアウグストは、最年少でこの学院の教師となった、語学の専門家だ。

「ああ、かまわないだろ？　それとも、ノエルに何か話が？」

「は？　そんなもの、あるわけないだろ」

「だったらいいね。さあ行こう、ノエル」

言いながら、ハームンドは優しくノエルの肩に手をあて、歩くように促す。

今一つ状況を理解できなかったが、この場から離れられるならと、言われるままにノエルは歩き始めた。

「は、はい……」

そんなノエルの様子に、ますます視線を鋭くしたジークフリートには気づかぬふりをした。

「ごめんね、強引に連れ出しちゃって」

ジークフリートたちから姿が見えなくなると、ようやくハームンドはノエルの肩から手を放してくれた。

ハームンドは、学院内でとても人気がある。ジークフリートのように決まった相手もいないため、あわよくば妻の座にと思っている者も多いだろう。

建国当初から王家に仕える大貴族の子息でありながら、それを鼻にかけることもない気立てのよさと、優し気で上品な顔立ちも人気の理由だ。

どうせ俺はジークフリートの引き立て役、などと自虐的な台詞《せりふ》を言うこともあるが、ノエルにしてみればハームンドの顔だって十分美形だと思う。

他のジークフリートの友人がみなノエルのことを嘲笑し、軽視する中、唯一優しく接してくれたのもハームンドだった。

ジークフリートが学院にいた頃、今よりさらにノエルへの風当たりが強い中、気にかけてもいてくれた。

「いえ……ありがとう、ございます」

ノエルの歩幅に合わせ、ゆっくりと隣を歩いてくれるハームンドに、頭を下げる。

小さな声ではあったが、ハームンドはなんとか聞き取ってくれたようだ。

「いや……、あいつにも、困ったもんだね」

あいつ、というのがジークフリートのことを指していることはすぐにわかった。

ノエルは黙って首を振る。

「悪いのは、僕の方なので……」

ハームンドはその言葉に痛まし気に眉《まゆ》を顰《ひそ》め、ノエルの言葉を否定する。

「違うよ、ノエルは悪くない。いつまでも素直になれない、ガキみたいなあいつが悪いんだ」

学院にいた頃から、ハームンドはジークフリートの言動に対し、ノエルを慰めてくれていた。

口ではああ言いながらも、ジークフリートはノエルのことを気にかけている。

本当にノエルのことを疎んじていたら、婚約だって解消できるはずだ。

それをしないのは、あいつ自身がノエルを自分の妃に望んでいるからだ。

そんなハームンドの言葉に、一縷《いちる》の希望を持った時期もある。

けれど、ジークフリートの態度が変わることはまったくなく、学院に入学した頃にはあった会話も、今ではほとんどなくなってしまった。

どうして、ジークフリートは婚約を解消しないのかと、学院の誰より、ノエル自身は思っていた。

「えっと、それでは……」

とりあえずジークフリートたちとは別れられたし、ハームンドにこれ以上迷惑はかけられない。

食堂に行けなかったのは残念だが、寮に戻れば何かしら保存食がある。

小さく頭を下げ、その場を去ろうとすれば、ハームンドの手がそれを阻んだ。

「あ、待って。叔父上から呼ばれたのは本当なんだ。ノエルも一緒に行こう？」

アウグストは他の教師陣のように、ノエルのことを腫《は》れもの扱いせず、普通に接してくれる数少ない存在だ。

ただ、呼ばれているのはハームンドなのに、自分が一緒に行ってもよいものだろうか。

そんなノエルの心境がわかったのだろう、ハームンドは小さく笑い、

「叔父上は人嫌いで有名だけど、ノエルのことは気に入ってるから大丈夫だよ。さ、昼休みが終わらないうちに行こう」

そのままノエルの背を軽く押す。

「は、はい……」

自分がアウグストに気に入られているとは思えなかったが、とりあえずノエルも一緒に

アウグストのところへ向かうことにした。

「なんだ、やっぱりノエルも連れてきたのか」

ノックをし、アウグストの研究室に入れば、中は雑多な空間が広がっていた。

何度かノエルも入ったことがあるが、アウグストの研究室はいつも物で溢《あふ》れている。

語学だけではなく、他国の生活や文化に精通しているアウグストは、休暇があるとふらりと他の国へと出かけていく自由な人間だ。

大貴族の四男という気楽な立場もあるのだろうが、三十はとうに過ぎているのに未《いま》だ独身なのもそれが理由だ。

ハームンドの叔父とはいえ、年齢も近いため、外見だけなら兄弟のようにも見える。

常に外見を整えているハームンドに対し、アウグストは無精ひげに寝癖のついた髪という出で立ちだが、元々の顔の作りがよいためか、決して粗野には見えない。

「叔父上……毎回のことながら、この部屋はもう少しなんとかならないのですか」

ハームンドが顔を引きつらせたが、どこ吹く風だ。それでも、二人が座れるようにソファーに置いてあった本をどけてくれた。

「掃除は毎日してもらってるから安心しろ。で？　お前がノエルを連れてきたってことはバカ王子は相変わらずなのか？」

「ええ……まあ」

アウグストの物言いにギョッとする。

バカ王子、というのはおそらくジークフリートのことだろう。

アウグストの身分だからこそ許される軽口なのだろうが、眉目秀麗《びもくしゅうれい》なジークフリートをこのような呼び方をする人間は他にいない。

「ま、そんなことだろうと思って食事も三人分用意してある」

アウグストが目配せした方を見ると、本が積まれたテーブルの端には、パンや肉、サラダにスープと所狭しと置かれていた。

「……本が落ちてこないうちに、さっさと食べましょう」

呆《あき》れたように、ハームンドが言った。

食堂というよりレストランに近い学院の食堂は、シェフが料理を作り、教育された給仕が運んでくる。

アウグストのもとにも直接シェフが来ようとしたのだろうが、おそらく断っているのだろう。以前も課題を見てもらっていた時にアウグストの部屋で食事をしたことがあったが、給仕が簡単に説明をしただけだった。

食事をしながらも、たわいもない世間話をしていた二人だが、ふとアウグストの表情が真剣なものになる。

「それで？　バカ王子は例の件に納得したのか？」

ハームンドの声も心なしか、固いものになる。

「渋々、といったところですね。国王陛下に直接諭されたようですし、ジークフリートも譲歩せざるを得ないでしょう」

「まったくあいつは……若いくせに頭が固くてかなわんな。獣人への差別意識なんて、お前たちの世代で持ってるやつなんてほとんどいないだろ？」

「差別感情はなくとも、恐れや抵抗を感じる者はやはりいますかね……」

二人が話す内容はよくわからなかったが、獣人という言葉に反応したノエルは、思わず顔を上げた。

この世界における支配者は人間だけでない。姿かたちが動物によく似た獣人も数多く住んでいる。

その中でも、ノエルたちにとって一番身近な獣人は虎族だ。

虎族の国ヴィスナーと、ノエルの住むヘルブストは国境を介して隣接している。

かつては戦争を行ったこともあったが、ここ百年ほどは両国の間にこれといった緊張はなく、かといって国交も交流もない。

干渉し合わなかった両国が歩み寄りを始めたのは、ヴィスナーの皇帝が代替わりしてからだ。

元々、広大な領土と屈強な軍を持っていたヴィスナーだが、国土の大半が冬の間は雪で覆われているため情報も乏しく、北方の辺境国だという見方が一般的だった。

けれど、十代半ばで即位した現皇帝は次々と近代化を進めるとともに、周辺諸国との外交も積極的に進めていった。

ヘルブストとも数年前に正式に国交が結ばれ、アウグストはヴィスナーへ滞在したことがある数少ない人間の一人だ。

ノエル自身、ヘルブスト北部にある国境沿いの街で育ったこともあり、ヴィスナーはとても身近な存在だった。

可愛《かわい》がってくれた大叔父が、森の中で虎族に助けられたという話を幼い頃から幾度も聞いていたため、恐れも感じていなかった。

学院に入学した際、第二外国語にヴィスト語を選択したのもそれが理由だ。

だから、つい二人の話が気になってしまったのだ。そんなノエルの様子に、アウグストも気づいたのだろう。

「気になるか？」

と問われ、咄嗟にノエルはしどろもどろになってしまう。

自然と、ハームンドの視線も自分の方へ向く。

「あ、いえ……」

「僕が……聞いてもよい話なんでしょうか……」

考えてみれば、ハームンドはすでに王宮で働いてるし、アウグストは教師をしながらも外交部で要職に就いている。

話の内容によっては、ただの一生徒である自分が知ってはいけない情報も、あるのではないだろうか。

「ああ、来週にはおそらくノエルたちの耳にも入る話なんだけどね。半年前、人間の男が虎族の皇妃を誤って撃ち殺してしまった事件があったことを、覚えてる？」

ハームンドの言葉に、ノエルは顔を青くする。

「はい……確か、獣化して姿を変えていたため、虎と間違えしまったんですよね」

虎族といっても、顔や身体に虎の特徴こそ見られるが、完全に虎に姿を変えられるのは一握りの者だけだ。

王族や、身分の高い貴族に限定されているため、人家に現れた虎が、まさか虎族の皇妃だとは思わなかったのだろう。

事件は瞬く間に国中に知れ渡った。他国の皇妃を殺してしまったのだ、ことによっては武力衝突にもなりかねない。緊張状態にあった二国間の関係は、ヴィスナー皇帝、ファリド・ティグレラの裁量により収拾した。

　怒りに打ち震えるヴィスナーの獣人に対し、皇妃が亡くなったのは不幸な事故であったこと、さらに事件のあった場所はヘルブスト国内であり、皇妃にも非はあったこと。

　それらを冷静に説明し、報復や、戦に繋《つな》がることがないよう獣人たちを諫《いさ》めたのだ。

　ヘルブスト側が用意していた賠償金も断るという、その対応に国王はいたく感激し、未開の地であったヴィスナーへの印象はヘルブスト国内でも向上した。

「そう、それで、その埋め合わせってわけじゃないんだけど。ヴィスナー側から、新しい皇妃をヘルブストから迎え入れたいという話がきてるんだ」

「え……？」

「しかもその条件がハイデンベルクに在学している者の中で、っときたもんだ。長く他国と国交もなかったし、ある程度教養のある人間がいいってのが表向きの理由らしいが……まあ、さすがの陛下も顔色を悪くしてたな」

　確かに学院に在籍している人間であれば、文化資本も高く、他国の王侯貴族の妃となるには申し分はないだろう。けれど、将来が約束された彼女たちが虎族の国へ嫁ぐことを受け入れるだろうか。

　特に、ハームンドの言うように、身分の高い者ほど虎族を恐れ、そして見下している者は多い。

「希望者を募ったところで、どうせ出てこないでしょうしね……」

「ったく、これだから高慢ちきな貴族どもってのは。ヴィスナーは寒さこそ厳しいが、文化的にも発展してるし、ヘルブストよりずっと豊かなんだけどな」

アウグストは、ヘルブスト人で唯一ヴィスナーへ滞在をしたことがある人間だ。そのため、ヴィスナー国内の様子もよく知っていたし、授業の合間によく話して聞かせてくれた。

「あと、やっぱり噂になっている皇帝の姿にも問題があるんじゃないでしょうか？」

「皇帝って、ファリド殿か？」

「はい。ここ数年、国交を結んだ国の人間が言うには、それは二度とは見られない醜悪な姿をしているとか、恐ろしい容姿だとか……」

「人の姿をとっていてもか？　何かの間違いじゃないだろうか？　何度か謁見したことがあるが、俺ほどじゃないがなかなかいい顔をしていたと思うぞ？」

「叔父上こそ、人違いじゃないんですか？　そんな話、聞いたことがありませんよ？　まあ、それくらいヴィスナーの情報は少ないのですが……」

「確かにな。教養があって、ヴィスナーへの偏見もなく、気立てのよい人間か……」

呟いたアウグストが、ちょうど目の前に座っているノエルへと目を向ける。

じっと見つめられ、ノエルがわずかに怯《ひる》むと、アウグストが弧を描くように口の端を上げた。

「なんだ、これ以上ないほどうってつけの人材がいるじゃないか。ノエル、お前ヴィスナーに」

「叔父上！」

アウグストが言い終わる前に、ハームンドが遮断する。

「なんだよ、ノエルはヴィスト語も堪能《たんのう》だし家柄も悪くない。性格だっていいんだから、今回の話にピッタリじゃないか。な？　ノエル」

「へ？」

「お前、いつかヴィスナーへ行ってみたいって言ってただろ？　これを機会に行ってみればいいじゃないか」

本気なのか冗談なのか、アウグストに言われ、ノエルは慌てて首を振る。

「む、無理です……！　僕に、そんな重責は務まりません！　それに何より、僕は男ですし……」

「ああ、妃っていってもヴィスナー側は嫁ぐ相手は男でも女でもかまわないって話だったぞ。亡くなった皇妃の子もいるからな」

かつては後宮もあったヘルブストとは違い、歴史的にヴィスナーは一夫一妻制を取っている。

同性婚も許されているが、後継者が必要な皇帝の場合は妃は女性というのが通例だ。

ただ、今回の場合はすでに正統な後継者もいることから、性別は問われていないのだろう。

「な？　悪い話じゃないだろ？」

「ふざけないでください！」

ノエルが口を開く前に、アウグストの言葉は隣にいたハームンドが否定した。

「ノエルはジークフリートの婚約者で、近い将来は王太子妃になる人間です。そんなノエルを、ヴィスナーに行かせられるわけないじゃないですか！」

額に手をあてたハームンドが、わざとらしくため息をつく。

それに対しアウグストは、切れ長の瞳を訝《いぶか》し気に細める。

「婚約者、っていってもなあ……未だ婚約の儀も終えていなければ、亡き母君との約束で仕方なく婚約してるだけだろ？　これを機会に、なかったことにしてしまえばいいんじゃないか？」

アウグストの言葉に、ノエルの胸がツキリと痛む。

「バカ王子も大好きなクリームヒルトを晴れて王太子妃にできるし、万々歳じゃないか。よし、国王陛下には俺から」

「叔父上」

先ほどまでとは違う、冷えたハームンドの声に、アウグストも言葉を止める。

「いい加減にしてください。ジークフリートが本当にノエルを疎ましく思っているなら早々に婚約を解消しています。ヴィスナーへ行かせる人間を選出するのだって、絶対にノエルが選ばれることがない方法をジークフリート自身が決めたことを、ご存じですよね？」

「だろうな。だが、それならもうちょっとノエルへの態度を改めるべきなんじゃないのか？」

「それは……」

「まあ、お前に言っても仕方のない話だな。これ以上話しても堂々巡りだ。ノエル」

「は、はい」

「別に婚約解消はジークフリートの側からじゃなく、お前の方からでもできるんだ。その場合は俺も口添えしてやるから、遠慮するなよ」

「はい……ありがとうございます」

アウグストの言葉にハームンドは何か言いた気ではあったが、口を挟むことはなかった。その後は上手くハームンドが話題を移したため、穏やかな雰囲気で昼食を終えることとなった。

けれど、ノエルの心は晴れないままだった。

「ノエル」

昼食を終え、二人でアウグストの部屋から出ると、すぐさまハームンドが声をかけてきた。

「これは、しばらく他の生徒たちには知らされない話だから、できれば内密にして欲しいんだけど」

ハームンドにしては珍しく歯切れの悪い様子に、ノエルはゆっくりと頷く。

「ジークフリートの意見で、ヴィスナーへ行く者は、学科試験の結果で選ぶことに決まったんだ」

「……試験で、上位の者から、ということですか？」

慎重に、言葉を選びながら尋ねれば、ハームンドは苦笑いを浮かべて首を振った。

「違う、逆だよ。選ばれるのは、最下位の者だ」

ノエルの瞳が、大きく見開いた。

「どうしてか、わかる？」

小さく首を振る。

「成績首位である君が、絶対に選ばれることがない方法だからだよ」

言われている意味が、すぐには理解できなかった。

「どうして……」

「他の人間は、君の学年で首位をとっているのは、クリームヒルトだと思っているだろうね。実は、俺も学院にいた時にはそう思っていた。だけど、本当の首位はノエル、君だろう？」

ハームンドの言葉に、ノエルは黙って頷く。

学院の成績は、レポートや試験を総合的に判断してつけられ、自身の成績は知ることができるが、開示されることはない。

「卒業して、ジークフリートに聞いた時には驚いたよ。ごめん、正直、そんなふうには見えなかったから」

「いえ……」

勉強は好きでも、喋ることが得意ではないノエルにとって、人前で発表することはとても大変なことだった。

いつもつっかえてしまったり、しどろもどろになってしまうため、ハームンドのように思う人間は少なくないだろう。

「だけど、ジークフリートはちゃんと知ってたよ。ノエルのレポートも、必ず目を通していたし」

「……そう、なんですか？」

初めて聞く話に、ノエルは目を瞬《しばたた》かせる。ジークフリートが、自分に対して関心を持っているとは思わなかったからだ。

「うん。あのね、ノエル。叔父上の言うことはもっともだし、ジークフリートにも大概問題はあるんだけど。でも、あいつは義理や同情で自分の妃を選ぶ人間じゃないから。それだけは、覚えておいて」

それだけ言うと、ハームンドは励ますようにノエルの肩を軽く叩き、逆方向へと歩いていった。

午後の授業は入れていなかったため、ノエルは二階の窓からぼんやりと庭を眺めていた。昼食時のアウグストの言葉が、どうしても頭から離れず、もうすでに何度目になるかわからないため息をついてしまう。

自分がいなければ、ジークフリートはクリームヒルトを妃にすることができる。

それは、ノエルがクリームヒルトと一緒にいるジークフリートを初めて見た時から、ずっと思っていたことだった。

そもそも、婚約だって十年近く前、幼い子どもの口約束がきっかけだったのだ。

今のジークフリートにとっては、負担以外の何物でもないだろう。

しかも、あの頃とはジークフリートの立場も大きく違っている。

本来なら、アウグストが言うように自分の方から身を引くべきなのかもしれない。

ノエルがまだ五つになったばかりの頃、ジークフリートは母である王妃とともに、小さな田舎町へと療養にやってきた。

王妃とノエルの母は元々が乳兄弟で、少女時代からとても仲が良かったのだという。

二人に見守られながら、年齢の近かったノエルとジークフリートはすぐに仲良くなった。

あの頃のジークフリートは、ノエルの小さな声にも耳を傾けてくれたし、根気よく話も聞いてくれた。

ヘルブストでも北方にあるノエルの生まれ育った町は、夏でも涼しいため、貴族たちには避暑地としてとても人気があった。

そのため、毎年夏になるとジークフリートが遊びに来るのを、ノエルはいつも楽しみにしていた。

末っ子であるノエルは他の兄弟とは年齢差がありすぎる上に、周りに同じ年齢の子どもが少なかったこともあるのだろう。

夏の間、二人は実の兄弟のように仲良く過ごしていた。

けれど、そんな幸せな時間も長くは続かなかった。

ノエルの母が亡くなり、ノエルは一人きりになってしまったからだ。

一人、といってもノエルには父も二人の兄もいた。

けれど、母は後妻であったため、半分血の繋がった兄たちとは年齢が離れているため疎遠で、さらに父からは疎まれていた。

母を溺愛《できあい》していた父は、ノエルを産んだことにより身体が弱かった母の寿命がさらに短くなってしまったことが、許せなかったからだ。

ノエルの容姿が、母によく似通っていたこともあるのだろう。

使用人たちも、家主からよく思われていないノエルに対してはどこか冷たく、身の回りの世話も仕方なく、という感じだった。

そして、母を亡くした悲しみと、心細さで目を真っ赤にして泣きじゃくるノエルに対し、ジークフリートが言ったのだ。

「ノエルは俺と結婚すればいい。俺がノエルの家族になってやる」と。

ヘルブストでは、神の名のもとに同性婚も許されている。

当時は結婚の意味などよくわかっていなかったが、単純に家族になればずっとジークフリートと一緒にいられるのだと思うと、嬉《うれ》しかった。

けれど翌年、ジークフリートの兄であり、王太子であったエーベルヘルトが落馬により逝去したことにより、ジークフリートの立場は大きく変わることになる。

王位継承権第一位、次期国王である王太子となったのだ。

夏の間にあった訪れはなくなり、時折送られてきた手紙も、いつしか途絶えてしまった。ノエルが書いた手紙にも返事が来ることはなく、ついにはノエルが出した手紙がそのまま封を切られることなく返ってきた。

すでに十二歳となっていたノエルは、自分とジークフリートの身分の違いを理解できないほど、子どもではなかった。

おそらく、もう二度とジークフリートと会うことはないのだろうと、そう思った。

けれどその三年後、王宮から一通の手紙がノエルのもとに届けられた。

手紙の中身は、ノエルを王太子ジークフリートの婚約者として、ハイデンベルク学院への入学を許可する、というものだった。

驚きつつも、その内容はノエルにとって願ってもない幸運だった。

元々裕福とはいえなかったノエルの実家だが、この頃には事業に失敗したこともあり、とても王都の学院に入学などできない経済状態だったからだ。

何より、数年ぶりにジークフリートに会える。

嬉しさと興奮で、首都へ出発する日の夜は、空が白くなるまで寝つくことができなかった。

けれど、再会を望み、喜んだのはノエルだけだった。

今でもノエルは忘れない。数年ぶりに会ったジークフリートの、蔑《さげす》むように冷たく自分を見る瞳を。

木の枝にとまっていた二羽の黄色い鳥が、ピチピチと鳴いて空へ羽ばたいていく。

微笑ましくそれを見つめていると、ふと木陰にいる二人の人影が目に入った。

食事を終え、庭でも散策しているのだろう。

楽しそうに笑うクリームヒルトを、優しい瞳でジークフリートが見つめている。

そして、ゆっくりと二人の顔が近づき、その唇が重なった。

心は、痛まなかった。

二人の姿はあまりに美しく、幸せそうで、妬《ねた》ましいなどとはとても思えなかったからだ。

むしろ、自分の存在が二人の足かせとなっているようで、申し訳なさと、そして惨めさを強く感じた。


ノエルをジークフリートの妃にすることは、数年前に亡くなった王妃の遺言だったそうだ。

ノエル自身とても可愛がってもらったし、親友の子であるノエルのことが、最後まで王妃は心残りだったのだろう。

けれど、王太子となったジークフリートには、世継ぎが必要だ。

原則、ヘルブストは一夫一妻をとっているが、特例として、王妃が男性であったり、世継ぎが望めなかったりした場合、夫人という妃と同じ地位の女性を選ぶことが許されている。

ジークフリートが夫人に選んだのはクリームヒルトだ。

父は大臣職についており、家柄は申し分もなければ、ジークフリートともすでに婚約の儀も終えている。聞けば、ジークフリートとは幼い頃から仲睦まじくしていたそうだ。

美しく、気立ても良いクリームヒルトは初めからノエルに対しても優しく接してくれていたし、妬心《としん》などかけらもないようだった。

いや、傍目にもジークフリートから愛されているのはクリームヒルトであると明らかであるため、そんな気持ちは微塵《みじん》も起きないのだろう。


二人から視線を逸らし、ノエルはゆっくりと歩き始める。

ハームンドは気を使ってくれたが、やはりジークフリートが愛しているのはクリームヒルトで、ノエルのことなど見向きもしていないようだ。

わかっていたことではあるが、少しだけノエルはそれをさみしく感じた。

「ヴィスナーか……」

幼い頃、大叔父から聞いた虎族の話を思い出す。

白い雪に囲まれた、銀色の大きな虎が治める帝国。

形ばかりとはいえ、もし自分がジークフリートの婚約者でなければ、希望しただろうか。

そんなふうに考えて、自嘲《じちょう》する。

ヘルブストを代表してヴィスナーに嫁ぐのだ。そんな大役、とても自分には務まらないだろう。

それでは、一体誰が嫁ぐことになるのか。

できれば、ヴィスナーや虎族への理解がある人間がいいと、ぼんやりとノエルは思った。


二カ月後。

ヴィスナー帝国の皇妃が学院の生徒から選ばれること、そして、それは学科試験の結果が選考基準になることがジークフリートの口から伝えられた。

講堂に集まった生徒たちの動揺は、ノエルが想像していた以上のものだった。

驚きや好奇の表情を浮かべるのは、家柄もよければ成績もよい者。

不安気に顔を歪めているのは、それほど身分の高くない貴族の子弟。

誰もがヴィスナーに嫁ぐことを恐れ、忌避しているのは、火を見るよりも明らかだった。

普段は口にすることはないが、ヘルブストの人間にとって虎族への恐怖は根強いのだろう。

ジークフリートは生徒たちの反応など気にも留めず、壇上を静かに下りていった。

「試験結果って……成績の悪い者から選ばれるってことだよな」

「え？」

隣にいたエルマーが、形のいい眉を寄せる。

「ヴィスナー帝国の皇妃になる人間だろ？　筆記試験の結果で素養が量れるわけじゃないが、それで皇妃が務まるとは思えないけどな」

「……そ、それは、わからないよ。本人の努力次第だよ」

「そりゃそうだけど、あの反応を見る限り、難しいと思うけどな」

エルマーの見ている方向へと視線を移せば、顔面蒼白《そうはく》の生徒たちが何人も見えた。

選ばれた日には、自ら死でも選びそうな、そんな悲壮感すら感じられる。

ノエルからすると、どうして皆がヴィスナーへ行くことを厭《いと》うのかわからない。

確かに、亡き皇妃を殺してしまったヘルブストから嫁ぐのだから、相応の覚悟は必要とされるだろう。

ヴィスナーの獣人が人間をどう思っているかはわからないが、今回の件だけ見ても風当たりは厳しいはずだ。

それでも、長い間国交のなかった両国の間を仲介する、大事な役割でもある。

「ま、俺たちには関係ない話か」

エルマーはそう言うと、講堂の出入口の扉の方へ向かっていく。

「ノエル?」

けれど、立ち止まったまま、動こうとしないノエルに気づくと、振り返り、声をかけてくれた。

「あ、うん……」

慌てて、ノエルもエルマーの後を追う。

自分には関係ない、本当に、そうなのだろうか。


ハイデンベルク学院に通う生徒の半分は、首都に生家を持っているが、それ以外の、地方から来ている生徒のための寮が存在する。

ノエルも実家は地方都市にあるため、入学した時から寮住まいだ。

婚約者という立場と、そして成績の優秀さもあり、学費は全て免除されているが、さすがに生活費までは工面されない。

実家からの仕送りはほとんどなく、とても間に合わないため、学院に頼み、放課後は図書室で本の整理の仕事を行っていた。

そのことはすぐにジークフリートの耳に伝わり、生活費の援助も申し出てくれたのだが、これ以上負担になりたくないノエルは、それを断った。

ノエルとしては、節約すればやりくりできると思ったからこそ、丁重に断りを入れたのだが、ジークフリートはひどく不機嫌になり、それ以降ノエルへ話しかけることもほとんどなくなった。

本の整理を終えてしまえば、後は資料室で勉強や調べ物もできるため、ノエルにとってはこれ以上ないほど最適な職場だった。

日中は人の多い図書室だが、閉室時間に近づくと徐々に人も少なくなっていく。

その日は司書の先生がいなかったため、ノエルは最後の戸締まりも任されていた。

すでに閉室時間は目前で、いつもならば誰もいない時間帯であるが、珍しく部屋の片隅には生徒が残っていた。

よほど集中しているのか、すでに窓の外は暗くなっていることにも気づかぬほど、熱心に本を読んでいる。

「す、すみません……あの、そろそろ閉室時間で……」

知らない人に話しかけるというのは、ノエルにとってとても緊張することだ。

それでも、仕事なのだから仕方がないと、声をかける。

ノエルに気づいた生徒は、ゆっくりと顔を上げた。

「あ……エリアス？」

小柄な身体に、大きな鳶《とび》色の瞳を持つ少年は、一昨年のノエルの寮での同室者だった。おとなしく、優しい人柄で、他の生徒たちがノエルと距離を開けているのを知っていても、分け隔てなく接してくれた友人の一人だ。

元々身体が弱く、昨年は長期間入院していたはずだ。

「ノエル……」

ノエルの存在に気づいたエリアスが瞳を大きくする。そして、みるみるうちにその瞳には涙が溜《た》まっていく。

「え？　エリアス？」

どうしたの？　と声をかける間もなくエリアスは立ち上がり、ノエルの胸へと顔をうずめる。

嗚咽《おえつ》を漏らし続けるエリアスの背中を、ノエルはしばらくの間撫で続けた。


元々、エリアスは勉強が得意ではなく、同室だった頃は試験前になるとノエルがつきっきりで勉強を教えたこともあった。

のんびりとしているエリアスにとっては、レベルの高い学院の授業についていくのがやっとだったからだ。

それでも、穏やかで優しい気性を持ったエリアスはいつもニコニコしていて、友だちも多かった。

けれど、やはり元々身体も強くないエリアスは昨年ほとんど学院へ来られなかったこともあり、今年限りで学院を辞めることを決めていたようだ。

療養中に年上の幼馴染《おさななじみ》から結婚も申し込まれ、来年故郷に戻ったら式をあげるつもりだったのだと言う。

「どうしようノエル、このままじゃ、僕、ヴィスナーに行かされちゃうよ」

長期間休んでいたとはいえ、学院の生徒であれば試験は平等に行われる。

今回の話をジークフリートに聞いてから一週間、寝る間も惜しんで勉強しているが、頭の中にさっぱり内容が入ってこないのだという。

「だ、大丈夫だよ……エリアスは家柄だっていいんだし、父君が事情を説明してくれるよ」

「ダメだよ、そういうことは、一切できないようになってるんだ」

「……え？」

「今回の試験は全部生徒を番号で管理していて、採点する先生も誰の答案かわからないようになってるんだって。身分や立場でズルができないように、試験の結果だけで決めるんだ。誰が選ばれても当日までは本人と外交部の人間以外はわからないみたいだし……」

「そんな……」

ノエルは、エリアスにかける言葉が見つからなかった。

それでも、何かよい方法はないかとノエルは考える。

「あの……エリアス……」

「取り乱してごめんね、ノエル」

エリアスが、ノエルに対して小さな笑みを浮かべる。

「ノエルの顔を見たら、なんか我慢できなくなっちゃって。まだ試験までは一週間あるんだし、頑張って勉強するよ」

言いながら、エリアスは机の上の荷物をまとめ、腕に抱える。

そのまま、図書室を出るかと思えば、ドアのところでくるりと振り返りノエルの方を見る。

「ノエル、もしよかったらなんだけど……空いてる時間があったら、僕の勉強見てもらっても……いいかな？」

学院側も考慮し、試験までの一週間は休校となるため、全ての時間を試験勉強にとあてられる。

「うん、僕でよかったら……」

「ありがとう！　ノエルの教え方、すごくわかりやすいもん！　明日から、よろしくお願いします」

エリアスは笑ってそう言うと、今度こそ図書室を出ていった。

その姿を見送りながらも、ノエルの気持ちはひどく暗くなっていった。

同室だった頃から、エリアスから幼馴染の話は何度も聞いていた。

学院の卒業生で、彼に憧れて受験勉強も頑張ったのだと嬉しそうに話していた。

エリアスが一週間努力をすれば、選ばれるのはエリアスではなく他の生徒かもしれない。

けれど、その生徒にも誰か大切な人が他にいたとしたら。

やはり、こんな選出方法は間違っている。

ノエルは自身の拳《こぶし》を強く握りしめ、決意が鈍らぬうちに戸締まりを終えた図書室を出た。


ノエルの目の前に座るジークフリートは、いつも以上に不機嫌そうな顔で、紅茶に口をつけている。

席についた時こそ儀礼的な挨拶《あいさつ》は交わしたが、それ以降は会話がまったく続かない。

ノエルが話しかければ一応はジークフリートも返答はしてくれるのだが、会話は盛り上がることなく、全て空中分解してしまう。

昨年、学院を卒業したジークフリートだが、王宮は目と鼻の先にあるため、週に一度は学院へと足を運んでいる。

最初の頃はノエルとクリームヒルトは交互にジークフリートとの時間をとっていたのだが、最近は毎回クリームヒルトへ譲っていた。

自分と一緒にいる時は常に不機嫌そうなジークフリートが、クリームヒルトといる時はとても楽しそうだったため、その方がよいと思ったからだ。

今日もおそらくクリームヒルトに会うつもりで来たのだろうが、昨日ノエルがクリームヒルトに頼み、予定を変更してもらったのだ。

愛する女性に会えると思って来てみれば、待っていたのは自分なのだ。

ジークフリートがいつもより一層不機嫌になるのも、仕方ないだろう。

いつもは賑《にぎ》やかな学院のカフェテリアは、人払いがしてあるためとても静かだ。

給仕もいないため、空いたジークフリートのカップへ残った紅茶を注ごうとすれば、眉根を寄せられた。

びくりと肩を震わせ、慌てて元に戻す。

気を利かせたつもりだが、余計なことはしない方がいいようだ。

いい加減、話を切り出さなければと思うのだが、会話の糸口も見つからないため、どうしようもない。

「……まったく鬱陶しい。言いたいことがあるのなら、さっさと話せ」

「え？」

珍しくジークフリートの方から話しかけてきたため、ノエルは慌てて顔を上げる。

端整な顔で自分を見つめるジークフリートが、これ見よがしにため息をつく。

「珍しくお前の方から俺に会いたいと言ってきたんだ。何か話があるんじゃないのか？」

硬質な声ではあるが、怒ってはいないようだ。

「あ、あの……」

何を、どうやって話そうか。急がなければ、ジークフリートは帰ってしまうかもしれない。

「今週末に行われる、試験のことなのですが」

勇気を振り絞り、ノエルは真っすぐにジークフリートを見つめる。

「……は？　試験？」

「はい。ヴィスナー皇妃を選出する方法が、学科試験というのは適切ではないと私は思います」

ノエルの言葉に、ジークフリートの眉間に濃い縦皺が刻まれた。

「理由は？　まさか、試験ができぬ者は皇妃に相応《ふさわ》しくないなどと、バカげたことを言うわけではないだろうな」

「違います、そうではなくて」

心臓の音が、ドクドクとうるさい。懸命に、自分の言いたいことを頭の中で整理する。

「試験の出来不出来が、良き皇妃になるための条件だとは思えないからです」

「良き皇妃？」

「はい。我が国とヴィスナーは、隣国であるにもかかわらず、長い間国交が結ばれていませんでした。両国の絆《きずな》を深めるためにも、この婚姻はよい機会だと思います。多くの学院の生徒は誤解しているようですが、ヴィスナーは未開の国でも文明の発達していない蛮国でもありません。ですから、きちんと説明を行い、自らの意思でヴィスナーへ赴きたいと、ヴィスナー皇妃になりたいと思う者を募るべきです」

大丈夫、思ったよりは落ち着いて喋ることができた。

笑顔は引きつっていたかもしれないが、ジークフリートには伝わったはずだ。

けれど、改めてジークフリートに視線を向ければ――。

凍《い》てつくような冷えた瞳で、静かにノエルを見つめていた。

「珍しくぺらぺらと喋ったかと思えば、言いたいことは、それだけか？」

「……え？」

「自の意思で虎族の国に赴きたいと思う者、か。そんな人間、いると思うのか？」

ノエルの表情が強張《こわば》る。

「それは……」

「それとも、お前自ら行きたいとでも？」

ジークフリートの言葉に、ノエルの顔がカッと赤くなる。

考えもしなかったことではあるが、そう思われるのはとても恥ずかしかった。

「いや、さすがにそれは、ヴィスナーの皇帝に申し訳ないな」

鼻で笑ってジークフリートに言われ、ノエルは自身の下唇をこっそりと噛《か》む。

「というか、悪かったな。それだったら、最初から試験等と面倒なものにせずに、容姿や家柄を基準にすればよかった」

その言葉に、ゆっくりとノエルは顔を上げる。

「家柄も容姿も、お前ほどみすぼらしい者はそうはいないからな。母上にお前のことは頼まれていたし、さすがに哀れに思ったんだが、どうやらいらぬ世話だったようだ」

もはや、ノエルはなんの言葉も発することができない。

「獅子《しし》でも虎でも好きなところに嫁ぐがいい。美的感覚の違いから、もしかしたら可愛がられるかもしれないぞ」

それだけ言うと、ジークフリートは静かに席を立ち、そのままカフェの入口へと歩いていった。

特徴的な軍靴の音が、耳によく聞こえる。

ジークフリートが去ったことにより、入れ替わりに給仕が次々とカフェの中へと入ってくる。

ノエルも慌てて立ち上がり、頭を下げたままカフェの外へと速足で歩いた。

長い廊下に出ると、速度を緩め、トボトボと歩き始める。

話を聞いてもらえないか、ノエルなりに努力したつもりだが、結局ジークフリートを怒らせてしまっただけだった。

どうして、いつもこうなってしまうのだろうか。

ジークフリートの言葉を思い出し、ズキズキと胸が痛みを上げる。

溢れそうになる涙を、ノエルは懸命にこらえた。


「ノエル……？」

「え？」

ハッとして隣を見ると、エリアスが不思議そうな顔でノエルを見ていた。

手元を見れば、すでに問題は解き終わっているようだ。

「ごめん、ぼうっとしてた」

あの日約束した通り、エリアスは毎日ノエルのもとに通っていた。

授業がないということもあり、校舎へ来ている生徒も少ないため、試験勉強をするのにもちょうどよかった。

「うん……大丈夫。全部あってるよ」

「よかった～！」

一つ一つの問題を確認したノエルの言葉に、エリアスはホッと胸を撫で下ろした。

ほとんどが基礎的な問題ではあるが、初日に比べて解ける問題は随分増えた。

この分なら、科目によっては平均以上の点数を取ることもできるかもしれない。

「次は……」

「エリアス、今日はもう終わりにしよう」

「え？　どうして？」

「明日は、本番だから。今日はゆっくり休んだ方がいいと思う」

ノエルがそう言うと、エリアスは少しだけ不服そうな顔をしたが、考えれば納得できたのか、こくりと頷いた。

「そうだね、睡眠不足で問題が解けなかったら大変だよね」

エアリスの言葉に、ノエルも頷く。

机のものを一つにまとめ、立ち上がったエリアスは、最後にノエルに深く頭を下げた。

「エ、エリアス？」

「ノエル、今日まで本当にありがとう。ここまで頑張れたのは、ノエルのお陰《かげ》だよ」

「そ、そんなことないよ……エリアスが努力したからだよ」

元々、勉強が好きではないエリアスが、何時間もずっと机に向かっていたのだ。

それだけでも、すごいことだとノエルは思った。

「ノエルだって試験を受けるのは同じなのに、ごめんね。まあでも、ノエルなら大丈夫だよね」

エリアスに言われ、ノエルは苦笑いを浮かべる。

そのまま、もう一度礼を言うとエリアスは図書室を出ていった。

ノエルも部屋の戸締まりをするため、窓の鍵《かぎ》を一つ一つ確認していく。

静まり返ったその空間で、ふとノエルは数日前のことを思い出した。


ノエルがジークフリートと会った翌日、ひどく焦った様子でハームンドが学院へとやってきた。

そして、改めて今回の学科試験に関して詳しくノエルに説明した。

今回の皇妃の選出方法は、最初王宮では家柄や容姿、そして学科試験と様々な要素を総合して決めることになっていたのだという。

けれど、ジークフリートがそれに猛反対し、結果的に学科試験のみになったのだそうだ。

そうやってノエルを守ろうとしたジークフリートだからこそ、ノエル自身に選出方法を否定されたことに苛立《いらだ》ったのだと言う。

何を言われたのかまではわからないが、八つ当たりみたいなものだから気にしないでやってくれ。

必死にジークフリートを擁護するハームンドの様子に、ノエルは穏やかな微笑みを返した。

そして思うのだ。ジークフリートに、ハームンドという親友がいてよかったと。

幼い頃から、ジークフリートは誤解されやすい性質を持っていた。天《あま》の邪鬼《じゃく》で皮肉屋のため、自分の思っていることを、素直に口に出すことができないのだ。

ノエルの故郷のことだって、田舎で何もなくて退屈だと言いながらも、それでも毎年来るのを楽しみにしていた。

それほど関《かか》わりのない人間には分け隔てなく接する一方で、親しくなれば親しくなるほど、そういった特性が出てくる。

けれどハームンドは、そんなジークフリートのことを深く理解し、そして仲良くしてくれている。

自分を理解してくれる親友。そして、美しく聡明《そうめい》な愛する人。

ジークフリートは、とても人に恵まれている。

それを嬉しく思う一方で、やはり自分は結局ジークフリートにとって何者にもなれなかったことを実感していた。

ノエルは、いつも読書の時に使っている押し花のしおりを、そっと取り出す。

もうジークフリートは覚えていないかもしれないが、喧嘩《けんか》をした次の日は、必ずジークフリートはノエルに花を持って会いに来てくれた。

そして、ムッとした顔でそれを差し出すのだ。

ノエルはそれがおかしくて、だけどとても嬉しくて。

もらった花で、いくつもの押し花を作った。

あの頃の自分は、確かにジークフリートに必要とされていた。けれど、今は違う。

本音を言えば、ノエルはジークフリートのことを恋愛対象として見たことはなかった。

幼い頃から、兄弟のように育ったのだ。そんなふうには、とても見られなかった。だけど、とても大切な存在だった。

母が亡くなった日、世界で一人ぼっちになってしまったような気分になり、落ち込むノエルを傍《そば》で励ましてくれたのはジークフリートだ。

俺が家族になってやる、いつかノエルのことを迎えに来る。

そう言ってもらえて、とても嬉しかったし、救われた。

その恩返しのためにも、形だけの妃であってもジークフリートの役に立てたらと、そう思っていた。

けれど、自分がジークフリートの傍にいても、不快な気分にさせることしかできないようだ。

夜の帳《とばり》が下り、あたりはすっかり暗くなっている。

窓ガラスが室内の灯《あか》りに反射して、鏡のようになっている。

目にかかりそうなほど長い前髪に、ギョロッとした大きな瞳、小ぶりな鼻に、薄い唇。

美しくもなんともない、極めて平凡な、なんの魅力もない顔だ。

虎族の美的感覚からすると、どうなのだろう。

先日ジークフリートから言われた言葉を思い出し、自嘲する。

残念ながら、貧相なこの顔は、虎族の獣人からしても魅力的に映るとは思えない。

ハイデンベルクの生徒は美しい容姿を持つ者が多いと、期待をされていたとしたらさすがに申し訳がない。

それでも、仕方がないのだ。

ノエルが、ジークフリートのためにできることは、もうこれくらいのことしかないのだから。

翌日、ノエルは全ての学科試験を、一つも回答を書かずに提出した。

そしてその翌週、ノエルはアウグストの部屋に再び呼び出された。

「本当にいいのか？」

腕組みをしたアウグストは、厳しい表情でそれだけ言った。

「はい」

「本来なら、試験の結果で即決するところだが、国王陛下に伝えたら、お前にもう一度だけ確認するように言われた」

「国王陛下が……」

数えるほどしか会ったことはないが、王はノエルに対しいつも優しく接してくれた。

最後まで自分のことを気にかけてくれたことを、嬉しく思う。

「……恨んでいるのか？　王太子殿下を？」

声のトーンを落として、アウグストが慎重にノエルへと尋ねた。

それに対し、ノエルは一瞬呆《ほう》けたような顔をして、次に小さく吹き出した。

「まさか！　恨んでなんかおりません。むしろ、とても感謝しております……」

母である王妃との約束があったとはいえ、ノエルのことなど放っておくことだってできたのだ。

けれど、ジークフリートは約束を守り、婚約者として迎え入れてくれた。

ジークフリートの後ろ盾がなければ、学院に入ることだってかなわなかっただろう。

卒業できなかったのは少しだけ残念だが、この三年、たくさんのことを学ぶことができた。

「本当に、あいつはバカだな」

寂し気に、ポツリと呟いたアウグストに、ノエルはゆっくりと首を振った。


あらかじめ、ノエルの身体の特徴は全て伝えられていたのだろうか。

輿入《こしい》れの日、ヴィスナー側から用意された衣装は、全てノエルの身体や背丈にピッタリ合うものだった。

ヴィスナーの伝統色である緑を基調とした、繊細な刺繍《ししゅう》とレースが施された華やかな衣装だ。

「とてもよくお似合いです」

「ありがとうございます」

王宮からつかわされ、世話をしてくれた女官へと、礼を伝える。

答えが返ってくるとは思わなかったのか、女官は少しだけ驚いたような顔をした。

ヘルブストの首都であるシュトラルから、ヴィスナーの首都のスラヴィアまでは、馬車を走らせても二週間以上かかる。

その間の防寒用のコートやブーツ、そして衣装も全て、ヴィスナー側から贈られたものだ。どの衣装もヴィスナー産の上質な布で作られた、手触りのよいものばかりだった。

顔もヴェールが下ろされているため、まるで、どこかの姫君の輿入れのようで、申し訳なくなってしまう。

自分の姿を見たヴィスナー皇帝は、がっかりするのではないだろうか。

「そろそろ、お時間です」

ノックとともに、外交部の人間が顔を出す。

ノエルは頷き、介添え人である女官に手を引かれて部屋の外へ出た。

重厚な、両開きの扉がゆっくりと開かれる。

王が他国の大使や要人と謁見するための白鳥の間には、すでにたくさんの人々が集まっていた。

細長い絨毯《じゅうたん》の先に、国王と、そして王太子であるジークフリートの座る姿が見える。

人々の好奇な視線にさらされながら、ゆっくりとノエルは歩み始める。一体、虎族に嫁ぐのはどこの誰なのかと、興味津々といった雰囲気を感じた。

皆、自分の息子や娘でなかったことを、内心では喜んでいるのだろう。

けれど、ノエルにとっては取るに足らないことだった。

誰に何を言われようと、かまわない。ヴィスナーへ嫁ぐことを決めたのは、ノエル自身だ。

保守的なヘルブスト人の多くは気づいていないが、外交方針を変えたヴィスナーは大陸において頭角を現している。

それが、最終的にヘルブストと、そしてジークフリートの利にもなるのだ。

王とジークフリートの表情は、対照的だった。

痛まし気にこちらを見つめている王に対し、ジークフリートは関心がないのか、まったくといっていいほど視線を向けてこない。

臣下の礼をとるため、腰を屈《かが》め、頭を深く下げる。

ざわついていた白鳥の間が、一瞬のうちに静まり返った。

「顔を上げよ」

ノエルが、ゆっくりとその顔を玉座へと向ける。

そうすると、ちょうどこちらを向いたジークフリートと視線が合った。

気のせいだろうか、碧色の瞳を見開き、訝し気な表情でこちらを見ている。

「此度《こたび》の大役、引き受けてくれたことに深く感謝する」

名前を、呼ばれることはない。王といえど、この挨拶を終えた瞬間から他国の皇妃となる人間を、気安く名で呼ぶことはできないからだ。

朗々と、貴族や皇族が国を出る際の決まった口上を王が口にする。

「そして……君のこれからの、さらなる飛翔《ひしょう》を祈念する」

最後の言葉は、ハイデンベルク学院の卒業式に出席する国王が、卒業生する生徒たちに対して必ず口にする言葉だった。

王の気遣いに、胸が熱くなった。

「ありがとうございます」

深く頷くだけで、言葉は発しない予定ではあったが、ノエルは小さく口にした。

瞬間、音を立ててジークフリートが立ち上がった。

ノエルだけではなく、その場にいた人間の視線がみなジークフリートへと集まる。

「……なんで」

椅子《いす》を蹴《け》り倒すような勢いで立ち上がったジークフリートは、何か信じられないものを見るかのような瞳でノエルを見つめていた。

「ふざけるな」

けれど、それは一瞬のことで、すぐにポツリと言葉を呟いた。

「ジークフリート……？」

立ち上がった息子の尋常ではない様子に、驚いた王は怪訝《けげん》そうに隣を見つめる。

「ふざけるな、おかしいだろ？　こんなこと、俺は聞いていない」

取り乱し、今にも摑《つか》みかからんばかりにノエルのもとへ向かおうとしたジークフリートを、周りに立っていた近衛兵が慌てて止める。

常に冷静なジークフリートが、このように感情を露《あら》わにするのをノエルは見たことがなかった。

「王太子殿下」
「どうか、落ち着いてください」
長身のジークフリートは体躯《たいく》もしっかりしているが、何人もの逞《たくま》しい近衛兵に囲まれれば、さすがに身動きがとれなくなる。

それでも何かを訴えるかのように、ジークフリートは声を荒らげている。
騒然とする中、外交部の人間に促されたノエルは立ち上がり、彼らに連れられて早々に白鳥の間から退出した。

別室には、ヴィスナー側の使者が待機してくれているはずだ。
最後に振り返れば、近衛兵に囲まれながら、絶望的な表情のジークフリートがノエルのことを見ていた。

ノエルはてっきり、選ばれたのが自分だとわかっても、ジークフリートは特にこれといった反応は見せないと思っていたため、驚いた。

下手をすれば、ようやく自分との縁が切れることを喜ぶのではとも。
あそこまで動揺するということは、ジークフリートにとって自分は何かしら気にかかる存在であったのかもしれない。

幼い頃は獣人への差別意識など微塵もなかったジークフリートであるが、最後に話した内容からは、どこか侮蔑《ぶべつ》的な響きを感じた。

だから、そんな虎族に嫁ぐノエルのことを、心配しているのだろう。

今回の輿入れのきっかけとなった事件からまだ一年も経っていないのだ。

人間への不信感は勿論、非難や糾弾は厳しいものかもしれない。

けれど、ノエルは自分の立場を不幸だとは思わなかったし、悲観的に考えてもいなかった。むしろ、こんなにちっぽけな自分でも、両国を繋ぐきっかけになれたら、これほど幸せなことはない。

読んでもらえるかはわからないが、落ち着いたら、ヴィスナーから手紙を書こうと、そう思った。


「お初にお目にかかります、皇妃様」

貴賓室でノエルを待っていたのは、二人の虎族の男性だった。

「ヤコフと申します。ヴィスナーまでの皇妃様の身の回りの世話役を、陛下から申しつかっております。こちらは御者を務めるアルチョム。他にも護衛の馬車に何名かの者がつきます」

痩せ形の初老の男性の頭には、きれいな三角の耳がついている。

その横の、長身で見るからに屈強な男性の顔は、毛に覆われていて、作りは全て虎と同じだ。

話には聞いていたし、何度か本の中でも読んだが、平均的な虎族の姿を、ノエルは思わずまじまじと見つめてしまった。

「本当は、陛下自ら迎えに行きたいと仰《おっしゃ》っていたのですが、他国から花嫁を迎える場合、国で待つのが習わしとなっておりまして……」

「い、いえ……。ノエル・ルイーズと申します。どうぞ、よろしく、お願いいたします」

ハッとしたノエルは、慌てて頭を下げようとするが、やんわりとヤコフによって止められた。

「臣下に対し、頭を下げる必要はありません。ヴィスナーまでは長旅となります。何かありましたら、遠慮なく私に申しつけてください」

そのまま、ヤコフによってエスコートされたノエルはすぐに馬車へと案内され、中へ入ることになった。

驚いたのは、馬車の大きさと、内装の豪奢《ごうしゃ》さだ。

長い距離を走るために造られているのだろう、外観は丈夫そうではあるが、いたってシンプルな形をしていた。

けれど、中に入って驚いた。想像以上に広く、椅子は寝台のように足を伸ばせるほど大きかった。しかも、てっきりヤコフとともに座るのかと思えば、ほとんどの空間はノエルのために用意された場所だった。

前方にヤコフの座る場所こそ勿論あるが、カーテンで仕切られている上、本当に小さな空間だ。

あまりにも申し訳がなくて、自分一人で使うには広すぎるため、カーテンをとってもらうよう頼んだが、やんわりと断られた。

長旅で、さらに寒さも厳しくなるからと柔らかく温かいブランケットが何枚も用意されており、椅子も座り心地がとてもよかった。

まさに、至れり尽くせりのこの状況に、ノエルが戸惑い、恐縮したのは言うまでもない。

国境を越え、ヴィスナー国内に入ってからは宿に泊まることもあったが、用意された部屋も贅《ぜい》を尽くしたものばかりだった。

表面上、対等な関係が保たれているヘルブストとヴィスナーであるが、単純に国力だけを見ればヴィスナーの方が様々な面でヘルブストを上回っている。

広大な大地は農作物が多く取れ、ここ数十年で飛躍的に人口も増えている。そして、鉱産物等の地下資源も豊富だ。

ただ、長い間ヴィスナーは他の獣人が支配する国とは遠く離れてしまっていることもあり、大陸で孤立していた。

しかし、ここ数年は近代化を進めたことにより、その状況も変わりつつある。

それがわからぬヴィスナー側でもないだろうに、それにもかかわらず、この歓待ぶりなのだ。いくら皇妃を迎え入れるためとはいえ、度を越しているだろう。

美しい姫君が輿入れするのではと期待されているとしたら、あまりにも忍びなかった。用意された衣装はドレスではなかったことから、男だということは伝わっているだろうが、どちらにしてもきまりが悪い。

さすがに顔が理由で婚姻が破談になることはないだろうが、ひどく落胆させてしまうかもしれない。

どちらにせよ、ヴィスナーの皇帝であるファリドとは一体どんな人物なのか。

時折聞こえてきた学院内の噂では、その容姿はおぞましいほど醜いと言っている者もあれば、ごく一般的な虎族の男性だと言っている者もいた。

人柄に関しては、アウグストはなかなかの人格者だと評していたが、好戦的で冷酷な恐ろしい皇帝だというのが一般的な見方だ。

いくら情報が少ないとはいえ、ここまで何もかも評価が割れるというのはいささか奇妙ではある。

ただ、どちらにしても、これだけ細やかな気遣いのできる人物が粗野な荒くれものだとはとても思えなかった。


そして、ヘルブストを発《た》ってから、ちょうど二週間目の朝。

ようやく、ノエルの乗った馬車は首都であるスラヴィアへ到着した。

まずノエルが驚いたのは、検問所の高い門だった。

周りは大自然が広がっている中、突然現れた門と、同じ高さの壁により、外からでは中の様子は一切見ることができない。

ヤコフの顔を見た番兵たちは、すぐに敬礼を行うと、少しの間待機して欲しいと頭を下げていた。

確かに、検問所はかなり混雑しているようで、人も馬車も、長蛇の列ができている。

ノエルたちの乗った馬車は勿論優先されているようだが、それでも少し時間がかかりそうだ。

ヤコフの話では、首都へ入るには厳しい条件があるらしく、商人によっては許可が出るまで数日待たされる者もいるらしい。

言われてみれば、塀の周りには、いくつもの馬車が停《と》められていた。

よく見れば、壁の上にはちらほらと虎族の番兵の姿も見える。

アルチョムと同様に、茶色や黄色の毛に覆われた虎の姿の獣人たちだ。

そんなふうに馬車の窓からあたりを見渡していると、ちょうど視界に入った崖《がけ》の上に、大きな白銀の虎が座しているのが見えた。

ヴィスナーに入国してから、これまでも時折虎の姿は目にしていたため、それほど珍しいものではない。

けれど、なぜかはわからないが、ノエルはその白銀の虎から、目を逸らすことができなかった。

青い瞳に、全身を覆う長い白銀の毛。

けれど野生の虎が持つ獰猛《どうもう》さはまったく感じられず、その佇《たたず》まいは優雅なくらいだった。

あまりに凝視していたためだろう、ちょうどカーテンを開けたヤコフが、気を利かせて声をかけてくれた。

「この国にはたくさんの虎がおりますが、腹を空《す》かせているものはおりません。襲ってくることはありませんよ」

どうやら、ノエルが虎の姿に恐れをなしていると思われたようだ。

確かに、静かにこちらを見据える虎の姿は力強かった。けれど、不思議と恐ろしいとはまったく思わなかった。むしろ。

「いえ……とても、美しいですね」

素直にそう口にすれば、なぜかヤコフは少し驚いたような顔をしたが、けれどすぐに皺の多い顔を綻《ほころ》ばせた。

「はい、私もそう思います」

そう言ったところで、ようやく順番が来たのか、大きな門が音を立てて開かれた。


初めて目にするスラヴィアの姿に、ノエルはただただ驚いた。

想像していた以上に発展しており、街中にはたくさんの虎族の歩く姿が見えた。

馬車に帝国の紋章が入っているためだろう、気づいた中には、馬車に向かい静かに頭を下げる獣人もいた。

活気のある街の様子は、現在のヴィスナーの国力の象徴のようでもあった。

少し前の記録には、人口は五万人だと書かれていたが、おそらくそれ以上だろう。

都市に流れる長い川にはいくつもの橋がかかっており、川沿いには、高い建築物がいくつも見えた。

伝統的な建築様式もあるが、中にはここ最近建てられたであろう真新しいものもあった。

他国から建築家を招聘《しょうへい》したのか、最近の流行を取り入れつつも、特徴的な形を持つヴィスナーの伝統的な様式と見事に融合していた。

アウグストの言う通りだ。スラヴィアは、シュトラルと比べても遜色《そんしょく》のない、むしろそれ以上に豊かな都市だ。

さらにその先へと進むと、これまでの建物の中でも一際大きく、優雅な宮殿が見えてくる。

建物の正面だけでも、どれだけの広さがあるのだろうか。

水色を基調とし、白と金のコントラストに彩られたその美しい外観は勿論、そこに着くまでの庭園も素晴らしいものだった。

ヘルブストの王宮も、近隣諸国の人間が目にしたら称賛する白亜の建物だったが、それを毎日のように目にしていたノエルでさえ、その壮大な美しい宮殿に目を奪われた。

さらに宮殿へと到着すると、扉の前には幾人もの獣人がずらりと並んでおり、馬車から降りてくるノエルに対して頭を下げた。

中心で挨拶を行ったのが、ノエルの世話役を任されているという女官だ。

背筋の伸びた、厳しい顔つきの女性であるが、ノエルの姿を見つめると、優しく微笑んだ。

丁寧なもてなしがあまりにも落ち着かず、ノエルは礼こそ言ったものの、ほとんど顔を上げることができなかった。

そのままヤコフによってエスコートされ、宮殿の中へと足を踏み入れれば、外観と同様に、中の装飾も素晴らしいものだった。

見とれ、今にも立ち止まってしまいそうなノエルはヤコフにやんわりと促され、大理石の階段を上り、奥まった場所へと通された。

番兵が重厚な扉を開けた先にノエルの目に入ったのは、高い天井を持つ、白を基調とした美しい部屋だった。

「紫水晶の間、でございます。お輿入れが決まってから、陛下が皇妃様のためにお造りになりました」

ヤコフの説明に、ノエルは頷くのが精いっぱいだった。

真っ白な大理石の天井には繊細な文様が描かれ、円柱や壁に埋め込まれた付柱の一つ一つにも細かな金の装飾が施されている。

紫水晶の間といわれるだけのことはあり、壁のあちこちには紫の宝石が煌めいていた。

ほんの数カ月でこれを造ることができるスラヴィアの建築技術の高さにも驚いた。

しかも、全て自分のために用意されたものだという。

「しばしの間、こちらでお待ちください」

内装の美しさに見とれているノエルに微笑みそう言うと、ヤコフは部屋の外へと出ていってしまった。

広い部屋に一人残されてしまったノエルは、途端に手持ち無沙汰《ぶさた》になる。

それでもせっかくの機会だからと、部屋の中を見て回ることにした。

壁にかけられた絵画は、大陸でも流行の手法を使ったものだ。おそらく、他国の画家が描いたものだろう。

絵画だけではない。よく見れば、部屋のあちらこちらに工芸品や宝石が飾られている。

東の大陸で作られている陶磁器、金や銀の皿、華麗な花瓶、細かな刺繍で彩られている宝石箱。

ヴィスナーの栄華を誇るかのように、並べられているものは希少なものばかりだ。

特に、近隣諸国からの贈り物らしきものがとても多かった。

ため息が出そうになるほどに美しいそれらの品の一つ一つを見つめていたノエルだが、ふと、片隅に飾られている細長い小さな筒が目に入った。銀色の筒は笛のようで、ペンダント型になっており、よく見れば笛の部分にも細かな文様が彫られている。

ノエルはなぜか、初めて見たはずのその笛に、どこか懐かしさを覚えた。

「気に入ったか？」

誰もいないと思っていた部屋の中、突然聞こえてきた声にノエルは反射的に振り返る。

「悪い、驚かせてしまったか？」

王宮に仕官している、貴族の青年だろうか。

優しく微笑むその姿を目にとめたノエルは、大きくその目を見開いた。

柔らかな銀色の髪に、空の色を思わせる切れ長の瞳。青年の顔は、息をのむほど美しかった。

女性的な印象こそ受けないが、整った目鼻立ちはそれこそ宗教画の天の御使いにも見えた。身長はすらりと高く、品のよいジェストコールと呼ばれる上着にベスト、膝丈のズボンに軍靴を履いている。

優雅なその立ち姿をぼうっと見つめてしまったノエルだが、ハッとして慌てて視線を逸らす。

「い、いえ……」

小さな声でそう言えば、青年は困ったような顔で笑った。

「もしや……俺の姿が恐ろしいか？」

「と、とんでもないです！」

ノエルは、慌ててぶんぶんと首を振った。

確かに、青年の頭には銀色の耳がついていることから、虎族であることはわかる。

けれど、恐ろしいなどとは思いもしなかった。

「貴方《あなた》のような美しい方を、見たことがありません……」

言いながら、じわじわとノエルの顔に熱が集まってくる。

初対面の相手に、一体何を言っているのだ。しかも、相手は男性だ。

気を悪くしてしまっただろうかと、こっそりと視線を向けると、青年はその整った顔を思い切り綻ばせた。

「そうか？　それはとても嬉しいな」

青年が微笑み、喜んでいる顔を見ていると、ノエルの方まで楽しい気持ちになる。

「それで？　その笛が気に入ったのか？」

「は、はい……」

どうやら、じっと笛を凝視していたところを見られてしまったようだ。

「この部屋には他に、宝石や工芸品がたくさんあるというのに？」

ノエルは、小さく頷く。

青年は小さく微笑むと、ノエルの隣から長い腕を伸ばして笛を取り、ノエルの首へと優しくかけた。

「え？」

自身の胸元に光る銀色の笛に、ノエルは驚く。

「では、これはお前に授けよう」

「で、ですが……よろしいのですか？」

嬉しいというより、驚きの方が大きく、動揺するノエルに青年はゆっくりと頷いた。

「気にするな、ここにあるものは全て俺のものだからな」

少しだけ得意そうににっこりと微笑まれ、ノエルはハッとする。

「では、貴方は……」

少し考えてみれば、わかることだった。この部屋は、皇妃であるノエルのために造られた間だ。立ち入ることができる人間など、限られている。

「初めまして、小さな花嫁。ようこそヴィスナーへ」

ヴィスナー皇帝、ファリド・ティグレラはスマートな動作で腰を屈めると、ノエルの手を取り、その甲へと優しく口づけた。

突然のファリドの行動に驚き、ノエルの顔がバッと赤くなる。立ち上がり、それを見たファリドが口の端を上げる。

「は、初めましてでは……ないですよね？」

ドクドクと早鐘を打つ胸をこっそり抑えつつ、ノエルが尋ねる。

「なに？」

「間違っていたら、ごめんなさい。検問所近くの崖の上で、こちらを見ていた白銀の虎は、皇帝陛下ですよね？」

わずかに眉を寄せていたファリドが、瞳を見開いた。

「よく、わかったな……俺の姿を見慣れた虎族であっても、獣化した俺だと気づく者は少

ないのに」

「纏《まと》っていらっしゃる、雰囲気が同じでしたので……」

ファリドは感心してくれているようだが、ノエルは小さくなってしまう。

どんな反応をすればよいのかわからないため、褒められるのはあまり得意ではない。

「それはすごい。ノエルには、何か不思議な力があるのかもしれないな」

ファリドに名前を呼ばれ、こっそりと顔を上げる。そういえば、自己紹介をしていないことに気づいた。

「あ、あの……」

馬車の中で何度も考え想像していた自身の紹介の文言を、慌てて思い出す。

早く言わなければと思えば思うほど、咄嗟に言葉が出てこない。

「慌てなくていい。ゆっくり喋ってくれ」

そんなノエルを落ち着かせるように、ファリドが優しく声をかけてくれる。

「は、はい……。ノエル・ルイーズと申します。ヘルブストから、参りました。どうぞ、末永くよろしくお願いいたします」

「ああ」

「そ、それから。衣装や馬車や、たくさんの支度品を、ありがとうございます。とても、嬉しかったです」

思い描いていたものより随分たどたどしいものになってしまい、ノエルは途端に恥ずかしくなる。

「いや、想像以上に似合っていて、俺としても嬉しい」

刺繍とレースが施された衣装を、ノエルも見つめる。

すると、ちょうど胸元にある笛が目に入った。

「えっと、あの」

「ん？」

「このような高価なものを、頂いてしまってよろしいのでしょうか？」

確かに笛は美しかったが、まさか贈られるとは思いもしなかったため、正直困惑していた。

「ああ、勿論。そもそもここにあるものは、全てお前のために用意したものだ。ヤコフから聞かなかったか？　ここは皇妃の間だと」

「は、はい……」

「この笛は、少し特別な造りになっていて、虎族の耳にしか聞こえない。だから、もし何か困ったことがあったら、この笛を吹いて俺を呼べ」

「そ、そんな……」

皇帝を笛で呼ぶなど、そんな不敬なことができるわけがなかった。

そんなノエルの心境がわかったのだろう。ファリドは愉快そうに笑い、

「遠慮をする必要はない。それから、お前に不快な思いをさせる者がいれば、すぐに言ってくれ。まあ、この国にそんなことをする獣人はいないと思うが」

ファリドの優し気な雰囲気が、一瞬がらりと変わった。

微《かす》かに感じた威圧感にノエルはたじろぎそうになったが、すぐにファリドの表情は元に戻る。

「宮殿の中を案内しよう。ノエルに見せたいものが、たくさんある」

ファリドが優しくノエルの手を引き、ゆっくりと歩き出す。

「は、はい。よろしく、お願いいたします」

ノエルがそう言えば、ファリドは楽しそうに頷いた。

自分の手を大きな手のひらに包み込まれ、優しい笑みを向けられたノエルは、とてもくすぐったい気持ちになった。

外観から予想できてはいたが、宮殿の中は広かった。

舞踏会でもできそうな広間がいくつもあり、見上げるような天井には宗教画が描かれ、金箔《きんぱく》の彫刻が施されている。

ヘルブストの王宮との違いは、宗教画に描かれているものの多くが、虎だということだ。ただの虎ではなく、おそらく神獣。ヴィスナーを作った始祖王は、元々は天から遣わされた虎だと言われている。

よく見れば、あちこちに虎のモチーフや銅像が置かれていた。

ノエルの横では、ファリドが上機嫌に宮殿の内部を説明してくれている。

今は人型をとっているが、獣化すれば絵の中と同じ、虎の姿になるのだ。

人が獣の姿となる。話には聞いていたが、人間であるノエルはとても不思議に思った。

「ここが主食堂。明日からはここで一緒に食事をしよう」

一時間ほど、歩いただろうか。白と金の縁飾りを基調とした部屋へと案内したファリドがそう言った。

広いテーブルには椅子が二つしか置かれておらず、これだけ広い部屋なのに、食事をするのはファリドと自分だけであることがわかる。

明日から、というのは今日はまだ準備ができていないということだろうか。

「今日は俺の部屋で食べよう。ノエルも、疲れてるだろうしな」

そんなノエルの気持ちを察したのか、ファリドの言葉に正直ノエルはホッとする。

ファリドの寝室の場所も先ほど案内されたが、食堂からは少しばかり距離があった。

普段のノエルであれば大した距離ではないのだが、今日ばかりはさすがに歩くのが億劫《おっくう》に思えた。

「それに、そろそろ部屋の方へ戻るとするか」

「……え？」

これだけ様々な部屋を見て回ったが、おそらくまだ全てを見終わってはいないはずだ。

「長旅で疲れているだろうし、今日はここまでにしておこう。ノエルも、足が痛むだろう？」

言われてみれば、痛みは感じないまでも、足が随分重くなっていた。

「……ご、ごめんなさい」

せっかく案内してくれていたのに、不快にさせてしまっただろうか。

「謝らなくていい。俺の方こそ悪かった。お前がこの国に来てくれたのが嬉しくて、つい連れ回してしまったんだ」

「い、いえ……」

優しい笑みを向けられ、ノエルは言葉に詰まる。

なんと言葉を返していいのか、わからなかった。

「ノエル」

俯いてしまったノエルに、ファリドが声をかける。

顔を上げれば、少しだけ腰を屈めたファリドが、目線を合わせてくれていた。

「初対面だし、緊張しているのだろうが、もっと正直に自分の気持ちを言ってくれ。今だって、疲れたし帰りたいって言ってくれてよかったんだ」

「は、はい……すみ」

「だから、謝る必要はない。お前は少しも悪くないのだから」

ファリドが困ったように笑い、ノエルはなんと言っていいのかわからなくなる。

小さく頷けば、ファリドも納得してくれたようで、頷き返された。

そしてそのまま、ファリドがノエルの身体をふわりと持ち上げる。

「う、わっ？」

独特の浮遊感を感じたノエルが、慌ててファリドの身体を摑む。

横抱きにされ、目の前にはファリドの美しい顔があり、自然とノエルの顔が熱くなる。

「お、下ろしてください……」

恥ずかしさもあり、小さな声でノエルが呟く。

「歩くのだって辛《つら》いだろう？　部屋までは俺が連れていく」

「お、重たいですし」

「羽根みたいな軽さだな」

小さく笑ったファリドは、しっかりとノエルの身体を支えたままゆっくりと歩き始める。

ノエルが細身であるとはいえ、ファリドの歩みに不安定さはまったく感じなかった。

途中ですれ違った女官や番兵は、自分たちの姿を目にとめると、みな一瞬、驚いたような顔をしていた。

それでもすぐに平静を取り戻し、きちんと頭を下げていく。

虎族の皇帝は、神の子孫として崇《あが》められていると聞いたことがあるが、まさにその通りのようだ。

この国で、ファリドに逆らう者は誰一人としていないのだろう。それにしても、一体どうして、ここまで優しくしてくれるのだろう。

自分を抱きかかえるファリドはとても嬉しそうで、噂に聞く恐ろしさは微塵も感じられない。むしろ、先ほどからずっとノエルのことを気遣い、気を回してくれている。

嫁いできたのが自分だとわかると、落胆されてしまうことも覚悟していたノエルにしてみれば、ファリドの反応に安堵《あんど》はしたが、それはそれで今度は申し訳なく思えてくる。

ジークフリートの言うように、虎族の美的感覚というのは少し人間とは違うのだろうか。

その割には、宮殿内で働いている獣人は見目が美しい者が多い。

番兵は虎の姿に近い者が多いが、シュッと整った顔立ちをしている。

それでは一体なぜ。

ファリドの優しさを嬉しく思いつつも、ノエルはどうしてここまで自分のことを大切にしてくれているのか、わからなかった。

寝室の扉を開けば、先ほど紹介された女官、バテリシナがすでに中にいて、二人を出迎えてくれた。

「食事の用意ができたらまた来る、ノエルはゆっくり休んでくれ」

ノエルを長椅子の上に下ろしたファリドが微笑んだ。

「は、はい……」

頷けば、優しく髪を撫でられた。

そのまま部屋を出ていく際、ファリドはバテリシナに短く何かを伝えていた。

早口であるため聞き取りづらかったが、くれぐれも丁重にもてなすように、と言ったようだ。

先ほどまでの柔らかな表情とは違う、厳格な顔に少しばかり驚いた。

同時に、そういえば先ほどからずっとファリドがヘルブスト語で話しかけてくれていたことを、思い出す。

ファリドのヘルブスト語があまりに自然だったため気づかなかったが、早く慣れるためにも次からはヴィスト語で話そう。

「空腹ではありませんか？　湯浴みの方もご用意できますが……」

ファリドが出ていくと、控えめにバテリシナが話しかけてくれる。

「いえ、大丈夫です。湯浴みは、先にした方がよいでしょうか？」

ヘルブスト語で尋ねてくれたバテリシナに対し、ヴィスト語で答えれば、驚いたような顔をされた。

「失礼いたしました。皇妃様は、ヴィスト語も堪能なのですね」

「いえ……そんなことは。ただ、できればもっと上手くなりたいので、発音や言葉がおかしい時には教えていただけますか」

「とんでもない、とても正確ですよ。教科書通り、完璧《かんぺき》です」

真面目《まじめ》な表情で、バテリシナが言う。

目鼻立ちのはっきりした美人であるため、最初は少し怖気《おじけ》づいてしまったのだが、心根は優しい女性のようだ。

「バテリシナさん……これから、どうぞよろしくお願いいたします」

椅子から立ち上がり、ノエルが言えば、バテリシナはその瞳を何度か瞬かせた。

「こちらこそ、喜んでお世話をさせていただきます。陛下からは、皇妃様が早くこの国の生活に慣れられるよう、寛げるような環境を作るよう申しつけられております。何か気になることがありましたら、すぐに言ってくださいね」

「あ、ありがとうございます……」

丁寧に諭され、ノエルは礼を言うのが精いっぱいだった。

当たり前ではあるが、皇帝というのは忙しい立場だ。

浴室へと案内され、湯浴みを終えたノエルが部屋でゆっくりしていると、戻ってきたファリドは食事こそ一緒にとったが、すぐに政務へと戻っていってしまった。

バテリシナに言わせれば、いつもなら仕事をしながら食事もしてしまうらしく、部屋まで戻ってくるのは珍しいのだという。

少しの時間でも皇妃様と一緒にいたいのですね、などと微笑まれ、言葉に窮してしまう。

食事をしながらも、ファリドはこれからの予定をノエルに説明してくれた。

明日からは専属の教師がつき、ヴィスナーについて様々なことを教えてもらえること。

今後ノエルが行うであろう政務もあること。そして婚礼の儀はもう少し落ち着いてから行うこと。

どれも強制ではないため、式以外はノエルがやりたくなければしなくてもいい、とも言われた。

ノエルはヴィスナーに嫁いだのだ。早くこの国に関して色々なことを学びたいノエルにとって、断る理由があるはずがなかった。

話しているのはほとんどファリドで、ノエルは相槌《あいづち》をうったり、首を振るだけのことが多かったが、いやな気持ちにはまったくならなかった。

ファリドの話はとても面白く、決して独りよがりではないからだ。

何よりファリドはノエルの意見や話もきちんと聞いてくれようとしていたし、言葉に詰まれば「ゆっくりでいいよ」と笑いかけてくれた。

ノエルの緊張も少しずつ解《ほぐ》れていき、最後は少しではあるが笑顔を見せることができた。


寝室に帰るのも遅くなるだろうと思ったファリドだが、ノエルが椅子へと座り、バテリシナと談笑している時、ちょうど部屋の扉が開けられた。

「お帰りなさいませ」

気づいたノエルがすぐに声をかけると、ファリドの瞳が大きく見開かれた。

隣にいたバテリシナは、頭を深く下げた。

「これは、驚いたな……ノエルはヴィスト語も達者だったんだな」

そういえば、ずっとファリドがヘルブスト語で話しかけてくれるため、そのままノエルも答えてしまっていた。

「少しずつヴィスト語も覚えて欲しいとは思っていたが、どうやら専用の家庭教師は必要ないようだな」

「あ、いえ……本当に、日常会話程度なので。できれば、教えていただけると助かります」

　ヴィスナーの情報は、あまり多くない。そのため、読み書きや会話はできてもその歴史や文化に関してはまだ知らない部分も多かった。

　元々、獣人社会に興味を持っていたノエルとしては、これを機会にぜひ学ばせてもらいたかった。

「俺の妃は、とても勤勉なようだ。ノエルがこの国に興味を持ってくれるのはとても嬉しいが、無理をする必要はないからな」

　気遣うようにファリドは言うと、バテリシナに対して目配せを行った。

　膝をついていたバテリシナはすぐに立ち上がると、二人に対しゆっくりと頭を下げる。

「お休みなさいませ、皇帝陛下、皇妃様」

「あ、はい。ありがとうございます、バテリシナさん」

　ノエルが声をかけると、わずかにバテリシナは微笑み、そのまま退室していった。

「ノエル、女官に敬称は……と言いたいところだが、お前の性格を考えると、呼び捨てにしろと言う方が酷だろうな？」

　苦笑いをしたファリドに言われ、ノエルは小さく頷く。

「それにしても……バテリシナは女官としても優秀だが、剣の腕も確かだから、お前の身を守る意味でもつけたんだが、残念ながら愛想がなくてな。何年も宮殿にいるが、仏頂面しか見たことがなかった。だが、あんなに柔らかい顔もできるんだな。ノエルが怖がったら他の女官に代えようとも思っていたんだが、どうやらその必要はなさそうだ」

「そんな、怖いだなんて……とても、親切にしていただいております」

慌てたようにノエルが言えば、ファリドが楽しそうに笑った。

「仕事だからそれは当たり前だ。お前が可愛いから、バテリシナも優しくできるのだろうな」

「え……？」

言われている意味が、すぐには理解できなかった。

「そんなこと……」

自分を可愛いだなんて言ってくれたのは、死んだ母だけだった。

それこそ、ジークフリートからは何度も可愛げがないと言われてきた。

「ノエルは可愛いぞ？　初めてお前を見た時、こんなに可愛い人間がいるのかと驚いた」

自然な動作でファリドはノエルの顔を覗《のぞ》き込み、そして長い前髪を優しくかきあげる。

「この瞳も、紫水晶だって霞《かす》んでしまうくらいきれいだ」

うっとりするような、とても美しい笑顔で言われ、ノエルはたちまち顔を真っ赤にしてしまう。

輿入れが決まってから、王宮画家によってノエルの絵が描かれ、ヴィスナーへと贈られたはずだ。不興を買わないためにも実物よりはよく描かれていただろうが、実物を見た時にがっかりされないか不安な気持ちの方が大きかった。

それでもファリドの顔を見れば、嘘《うそ》はないことがわかる。

やはり、人間と獣人では美の基準が違うのだろうか。

「あ、あの……」

好奇心が湧《わ》き、思わずノエルはファリドへと声をかける。

「なんだ？」

「虎族と人間では、美に関する感覚が異なっているのでしょうか……？」

「は？」

ノエルの言葉に、ファリドが眉根を寄せた。

怒っているというより、困惑しているという表情だった。

「どういう意味だ？」

「その……人間にとっては、凡庸な容姿のものでも、虎族の方からすると、そうは見えないというか……」

言いながらも、どんどん語尾が小さくなってしまう。

もしかしたら、不快にさせてしまっているだろうか。

「そんなことは聞いたことがないけどな？　ただ……俺たち虎族は、人間よりも自然な美しさに価値を見出すところはある」

「自然な美しさ……ですか？」

「そう。少なくとも俺は、表面だけの美しさにはまったく興味はない。恐ろしい噂をいくつも聞いたはずなのに、俺に嫁ぐことを決め、種族の違う虎族にだって優しく接することができる。ノエルほど心のきれいな人間を、俺は見たことがない。勿論、ノエルの外観だってとても可愛らしいけどな」

ファリドの言葉に、ノエルは驚く。どうしてそれを……という疑問と同時に、申し訳ない気持ちになってくる。

「も、申し訳ありません……あの、ヘルブストにはあまりヴィスナーの情報が入ってきておらず」

もしかしたら、学院の生徒たちが言っていた悪評も伝わっているのではないだろうか。

実際、ヴィスナーがヘルブストと引けを取らない、むしろそれ以上の国家で、さらにファリドがこんなにも美しいことを知っていれば、相手が虎族といえど忌避する人間は少なかっただろう。

「かまわん。他の人間に、どう思われようと、俺はなんとも思わないからな」

やはり、ヘルブスト側の情報は筒抜けだったようだ。

「それでノエルが俺の妃になってくれたのなら、これほど嬉しいことはない」

嬉しそうに、ファリドが言う。

初対面の自分にどうしてここまで優しく接してくれるのか、甚《はなは》だ疑問ではあったが少しだけ事情がわかったような気がした。

「さあ、おしゃべりはこの辺にして、早く休もう」

言いながら、手を引かれゆっくりとノエルは立ち上がる。

よく見れば、ファリドの服装も夕食時に比べて簡易なものになっていた。

ファリドが暖炉の火を消し、部屋の随所にある灯りを落としていく。

枕《まくら》もとに置かれたランプだけが、ぼんやりと部屋を照らしていた。

促され、寝台へと上がったノエルは言われるままに横にはなったものの、ハッとして身体を強張らせる。

自分はファリドに妃として嫁いだのだ。同衾《どうきん》するということは、ただ一緒に寝るわけでは勿論ない。

ちらりと隣にいるファリドの方を見ると、緊張しているノエルの様子に気づいたのだろう。

「そんな顔をするな、さすがに長旅で疲れているお前に無理強いをするつもりはない」

小さく笑ったファリドが、ゆっくりとノエルへと近づき、その顔を覗き込む。

息がかかりそうなほどの距離に、心臓の音が速くなる。

そのまま口づけられるかと思えば、コツン、という小さな音が額から聞こえた。

重ねられたのは唇ではなく、額だったようだ。

額に手をあて、ファリドを見れば悪戯《いたずら》っぽく笑っている。

「今日は何もしないから、安心していい」

「は、はい……」

「あ、だけど」

ノエルの身体が、温かい体温に包まれる。

ファリドが、その広い胸にノエルをそっと抱きしめたのだ。

「せっかくだし、こうやって眠ってもいいか？」

毛布をかぶれば暖はとれたが、暖炉の火を消したこともあり、部屋の空気は冷えている。

獣人ということもあるのだろうか、高い体温のファリドに抱きしめられると身体が温まり、とても心地よかった。

「はい……」

頷けば、ファリドが優しくノエルの額に口づけた。

恥ずかしくて顔を胸へとうずめると、ファリドの身体がわずかに揺れ、笑ったのがわかった。

翌日、ノエルは強い頭の痛みと焼けるような身体の熱さにより、早々に目が覚めた。

起き上がろうにも、力がほとんど入らない。何より、喉《のど》の渇きがひどかった。

うつ伏せになり、サイドテーブルに置かれた銀色のタンブラーへと手を伸ばす。

けれど、すぐに横から伸びてきた手がそれを取ってしまった。

「大丈夫か？」

朦朧《もうろう》とする意識の中、心配気にファリドがノエルを見つめていた。

大きな手のひらが、ノエルの額、そして頬へと優しく触れる。

「やはり、ひどい熱だ」

言いながら、優しくノエルの上半身を抱き起こすと、支えながら水を飲ませてくれる。

冷えた水が喉を潤していき、心地よさにようやく息が吐けた。

「長旅の疲れが出たんだろう。後で医師を呼んでおくから、何かあったらバテリシナに言うように」

ファリドはそう言いながら、今度はゆっくりとノエルを寝台へと寝かせてくれる。

「ご迷惑をおかけして、申し訳ありません……」

「迷惑だなんて思ってない。昨日、もっと早く休ませてやればよかったな」

「いえ……」

「とにかく、今は自分の身体のことを一番に考えて。ゆっくり身体を休めるんだ」

「は、はい。ありがとうございます……」

「本当は、一日お前の傍にいたいんだが、生憎《あいにく》政務が滞っていてな。時間ができたら、会いに来る」

それだけ言うと、ファリドはすぐにバテリシナを呼びに行き、ノエルの状況を説明した。

二人の話を聞きながらも、ノエルの意識はぼんやりとしたままだ。

その後すぐに部屋へやってきた初老の医師が丁寧に診《み》てくれ、さらに薬を飲まされると、気がつけば眠りについてしまっていた。

そして、次に目が覚めた時にはすでに日が暮れていた。

眠っていた時でも、自分の名を呼ぶファリドの穏やかな声と、髪へと触れる優しい手の感触は覚えていた。

バテリシナから聞いた話では、やはり何度か政務の途中でファリドが訪れたようだ。

テーブルの上には、小さな花が生けられており、それもファリドから贈られたものだという。

その日は夜遅くまで政務があったため、会うことはできなかったが、翌朝すぐに礼を言うと、ファリドはとても嬉しそうに笑ってくれた。

少しずつ熱は下がり、体調は戻っていったものの、ノエルの身体を心配するファリドの命により、結局五日ほど寝台の上で過ごすことになった。


「皇妃様」

バテリシナの、穏やかな声が聞こえる。

女性にしては低めであるが、よく通る、落ち着いた声だ。

「お疲れのところ、申し訳ありません皇妃様」

ゆっくりと瞳を開けば、真っ白な天蓋《てんがい》付きの寝台と、灯りのついていないシャンデリア、そして壁に描かれた絢爛《けんらん》豪華な花々が目に入った。

はじかれたように、起き上がる。寝台の横に置かれた小テーブルの時計を見れば、すでに朝の十一時を過ぎていた。

「おはようございます、皇妃様」

「お、おはようございます、バテリシナさん……すみません、僕、随分長い間寝てしまったみたいで」

本当に、泥のように眠ってしまっていたようだ。

ヘルブストを出てから、ずっと気を張っていたこともあるのだろう。

「お気になさらないでください。病み上がりなのですから、陛下からも、ゆっくりお休みになってもらうよう申しつけられております」

バテリシナの言葉に、黙って首を振る。

嫁いだ翌日から五日も寝こけている皇妃を、宮殿の人間はどう思っただろう。

ふがいなさに、思わずため息が零れる。

「気持ちよさそうに眠っていらっしゃいましたし、起こすのは忍びなかったのですが、昼には陛下がいらっしゃるとのことでしたので、その前に身支度を、と思いまして」

言いながら、バテリシナがティーカップと菓子のようなものを持ってきてくれた。

「ありがとうございます」

礼を言って受け取る。何かの茶だろうか、初めて飲んだが、とてもいい香りがした。

そのままぼうっとする間もなく、バテリシナによって顔を拭《ふ》かれ、身支度を整えられる。

品のよい緑色の上衣は膝よりも少し長く、下にはロングブーツが用意されていた。

真新しいクローゼットの中には、ノエルのために用意された、たくさんの衣装が入っている。

ファリドが命じて作らせたものだというが、どれも豪華すぎるため、バテリシナにはやんわりと動きやすいものを選んでもらった。

そのまま鏡の前へと座らされ、櫛《くし》で髪を梳《と》かされる。

バテリシナが華やかな顔立ちをしていることもあり、自然とノエルは俯きがちになってしまう。

ファリドはああ言ってくれたが、やはり自分の容姿は地味で凡庸にしか見えない。

バテリシナは丁寧に髪を整え終わると、前髪を上げ、髪飾りをつけた。

「え？」

視界が明るくなり、露わになった自分の顔に戸惑う。

「陛下からの、プレゼントです」

紫色の小さな宝石のついた髪飾りが、ノエルの頭の上で煌めいている。

女性がつけるような派手さはないが、花の形をモチーフにしている小さな可愛らしいものだ。

「とてもお似合いですよ」

「ありがとうございます……」

顔を見せるのに少し抵抗はあったが、せっかく贈られたものを断るわけにもいかない。

鏡の中、ノエルの後ろに立つバテリシナが、小さく微笑んでいた。


「思っていた通りだ。ノエルによく似合っている」

バテリシナが言っていた通り、正午に戻ってきたファリドはノエルの顔を見た途端、上機嫌にそう言った。

「とても希少なものを、ありがとうございます……」

宝石は上流階級の人々の間ではとても人気があるが、中でも紫の石は貴重で、高価なものだ。

「贔屓《ひいき》にしている宝石商から買ったものなんだが、ノエルの瞳と同じ色の石だし、ぜひお前に贈りたかったんだ」

「……大切にします」

そんなふうに話しているうちに、入ってきた給仕によって昼食が用意される。

最初こそ、獣人と人間では食べるものも違うのではという不安もあったが、多少肉が多いくらいでヘルブストで食べていたものとこれといって違いはなかった。

支度をしている給仕たちは、虎の顔をした獣人で、思わずノエルは視線を向けてしまう。二足歩行をしているところは人間とまったく変わらないが、服の上から尾が出ているところはやはり獣人だ。

給仕が部屋から去り、テーブルの上には所狭しと様々な料理が置かれている。

一つ一つ皿を見ていると、向かいに座っているファリドが神妙な顔で問うてきた。

「怖いか？」

「え？」

「虎に近い姿の獣人は、あまりヘルブストにはいないだろう？」

どうやら、ノエルが先ほどの給仕をこっそり見つめていたことに気づいていたようだ。

ファリドの言葉に、ノエルは慌てて首を振る。

「いいえ、違います……そうではなくて」

なんと言えばいいのだろうか。ノエルが言葉を探すのを、ゆっくりファリドは待ってくれている。

「あの……可愛いなって思いまして」

「は？」

「し、失礼なことを言ってしまっていたら、ごめんなさい。確かにヘルブストで見かける獣人は人間の姿に近い方ばかりで、虎の姿に近い獣人を見たのはアルチョムさんが初めてだったのですが……その、僕は元々動物が好きなこともあって、可愛いなって思ってしまったんです」

ドギマギしながらノエルが言えば、目の前にいるファリドは下を向き、微かに震えている。

「あ、あの、陛下？」

「可愛い……アルチョムが……」

顔を上げたファリドは懸命に笑いをこらえているようだが、こらえきれないとばかりに肩が震えていた。

「顔は勿論、あの身体だから、迫力があるだろ？　軍では猛虎《もうこ》なんて言われてるくらいなんだがな。そうか、ノエルから見ると可愛く見えるのか」

　ファリドは言いながら、明らかに笑っている。

　不快にさせてはいないようだが、やはり可愛いという表現は不適切だったようだ。

「すみません……」

「いや、あいつの部下に聞かせてやりたいな。だけど、少し面白くないな。ノエルが可愛いと言ってくれるなら、俺も獣化しようか」

「え？」

　ナイフとフォークを手に持ったファリドの言葉に、ノエルの瞳が大きくなる。

　あの美しい虎を間近で見られるというのは、とても魅力的な言葉だった。

　ノエルの反応が思った以上によかったこともあるのだろう、ファリドも気をよくしたようで、

「じゃあ、後で」

「おやめください陛下、まだ政務が残っております。また、レナート様がお怒りになられますよ」

　言いかけたファリドの言葉を、ティーカップを持ってきたバテリシナがやんわりと遮断する。

「そういえば、演習から帰ってきてるんだったな」

「……此度のこと、かなり憤慨されておりました。皇妃様のことは、陛下のお口から説明ください」

「ああ、勿論。弟といえど、ノエルを傷つけるんだったら容赦をするつもりはないから、安心してくれ」

「いえ、差し出がましいことを言ってしまい、申し訳ありません」

バテリシナはカップをノエルとファリドの前へと置くと、そのまま小さく頭を下げてその場を離れていった。

二人の話を聞く限り、自分も関係していることはわかったが、聞いてもよい内容なのだろうか。

ファリドの方を見ると、ノエルの視線に気づいたのか、安心させるように微笑んだ。

「すまん、あの言い方だと、気になるよな。レナートというのは、軍を任せている俺の弟のことだ。悪いやつではないんだが、若いのに頭が固くてな。午後に宮殿の人間も紹介する予定もあるし、レナートにもその時に会わせよう」

「あ、はい。よろしく、お願いします」

引っかかるものはあったが、ノエルは頷いた。

昼食を終え、少しの間休んでから、ファリドはノエルを部屋から連れ出した。

宰相や大臣、近衛兵の隊長といった面々を次々に紹介していく。

人間の姿に近い者、虎の姿に近い者と様々だったが、共通して言えるのは概《おおむ》ねノエルに対して好意的だったことだ。

事故とはいえ、前皇妃を殺したのは人間であるため、風当たりの強さは覚悟をしていただけに、拍子抜けしたくらいだ。

もっとも、それはファリドが傍にいたというのが大きいのかもしれない。

皇帝の顔をしたファリドは、いつもより表情の変化が乏しければ、声色も厳しく、側近たちでさえ顔色を窺《うかが》っているように見えた。

普段、ノエルに向けられる笑みは一切見せず、氷の皇帝と呼ばれる所以《ゆえん》がわかるような気がした。

けれど、そうでなければ虎族の皇帝など務まらないのかもしれない。

「ノエル」

長く、広い廊下の途中、隣を歩いていたファリドがノエルに話しかけた。

「はい」

「言いづらいのだが、これから会うレナートは、人間から妃を迎えることに反対していたんだ」

「そう、なんですか……」

「しかも、反対したまま長期の演習に出ているうちに婚姻を進めてしまったから……」

「怒って、いらっしゃるんですか？」

「かなりな。だけど、くれぐれも勘違いしないでくれ。レナートはお前が気に入らないわけじゃなく、人間そのものへの不信感が強い。紹介はするが、会うことはほとんどないだろうし、あまり気にする必要はない」

「会うことはほとんどない、それは、それを公式の場にはほとんど出すつもりはないということですか？」

ファリドの言葉に重ねるように聞こえてきた声に、ノエルは思わず肩を竦《すく》める。

慌てて声のする方へ目を向ければ、長身のファリドとほとんど変わらない背丈の青年が、厳しい表情で立っていた。

サラリとした長めの前髪が特徴的なファリドとは違い、髪は短く切り揃《そろ》えられている。けれど、整った顔立ちはファリドとどことなく似ていた。頭の上にある耳の色も、同じだった。おそらく、彼がレナートなのだろう。

「レナート、執務室で待っているように言ったはずだが？」

「午後からは訓練があると伝えていたはずですが？　どうして私が人間ごときのために時

間を割かなければならないんです」

「ちゃんと名前があるんだ。人間、なんて言い方はやめろ」

「それでは眠り姫とでも呼びましょうか？　午前のうちに面会を申し入れたところ、まだお休み中だと断られましたからね」

鼻で笑われ、ノエルは思わず俯く。いくら疲れているとはいえ、やはりもっと早く起こしてもらうべきだった。

「ヘルブストからの長旅の後なんだ、本当ならもう一日休ませてやりたかったくらいだ」

「そうですが、私も昨晩スラヴィアへ戻ったばかりですが？」

「軍人であるお前とノエルの体力を一緒にするな。それから、ノエルは俺の妃だ。これから公式な場へは必ず伴ってもらう。もしお前がノエルを侮辱するというなら、公式の場に出られないのはお前の方だ。それをよく、弁《わきま》えておけ」

淡々とした、冷静なファリドの言葉に、レナートの表情が明らかに引きつった。

口を開き、何かを言いかけたが、結局何も発することはなかった。

「肝に銘じておきますよ」

そのまま踵《きびす》を返すと、レナートは自身の執務室へと帰っていった。

最後まで、ノエルのことは見ようともしなかった。

「ノエル」

呆然《ぼうぜん》と立ち尽くすノエルを気遣うように、ファリドが声をかける。

隣を見上げると、困ったような顔でファリドがノエルを見つめていた。

「すまない。レナートには後でよく言って聞かせるから、気にしないでくれ」

先ほどレナートに向けていたものとは違う優しい眼差《まなざ》しにノエルは小さく頷く。

とはいえ、気持ちの整理はすぐにつきそうになかった。


宮殿内にある広い浴室に入り、ノエルはこっそりとため息を零した。

虎の生態が水浴び好きなためか、虎族も湯浴みは好んでいるようで、浴室も豪華な造りになっている。

けれど、今のノエルには湯浴みを楽しむ精神的な余裕などなかった。

ファリドは自身の寝室へと送り届けると、そのまま政務へ戻っていってしまった。

夕食は一緒にできないが、今日は早く部屋に戻ると言ってくれたものの、ノエルはぎこちない笑みしか返すことができなかった。

レナートの反応は、ある意味当然のものだ。

両国の友好のためとはいえ、前皇妃を殺した国の人間が、新たな皇妃となるのだ。

宮殿の獣人は、ノエルに対して概ね親切ではあるが、それはファリドの意向も大きいのだろう。実際は、表には出さないが、レナートのように思っている者も少なくないのかもしれない。

気にするな、とファリドは言ってくれたとはいえ、そういうわけにもいかない。

何より、レナートはファリドの弟なのだ。自分のせいで、二人がいがみ合うのはノエルとしても心苦しかった。


湯浴みを終えると、バテリシナに髪を拭かれ、香油も垂らされる。

首筋にも、花の香りがする香料がつけられた。

「レナート様の、ことですが」

「え?」

髪や服を整え終わると、バテリシナがおもむろに口を開いた。

「元々人間嫌いで有名で、さらに前皇妃であるポリーナ様とも幼馴染だったため、皇妃様に対して複雑な思いをお持ちなのだと思います。ただ、心根は優しい方なので……」

「はい……それは、わかっております」

口調こそ手厳しいものではあったが、レナートはあからさまにノエルを罵《ののし》り蔑むようなことは言わなかった。

すぐには難しいかもしれないが、少しずつでも関係が改善できたらと、そう思った。

そして、レナートの件で頭がいっぱいになっていたこともあり、ノエルの頭からすっかり抜け落ちてしまっていた。ファリドが早めに寝室に戻ると言った意味も、念入りに整えられた身体も、全て、夜の情交のためだということを。


テーブルに置かれたランタンの灯が、ゆらゆらと揺れている。

心もとない灯りに照らされながら、ノエルは寝台の上でファリドと向き合っていた。

自分でも、がちがちに緊張してしまっていることがわかる。

「……ノエル？」

「はっ、はい」

苦笑いを浮かべたファリドに呼ばれ、思わず声が上ずってしまった。

「取って食おうっていうわけじゃないんだ、そんなに緊張しなくていい。というか、まだ気持ちの準備が整ってないなら、少し日を開けても」

「い、いえ」

ぶんぶんと、慌ててノエルは首を振る。

しかしすぐに、恥ずかしさに顔を赤くする。これでは、自分から強請《ねだ》っているみたいだ。

顔を上げれば、魅惑的な微笑みをファリドが向けている。

正直に言えば、男性相手の性交に抵抗がないわけではない。

同性愛を否定しないが、ノエル自身は異性愛者だからだ。

そのため、ジークフリートの婚約者として選ばれた時にも、ピンとこない部分はあった。

ノエルがこれまでジークフリートを、そういった目で見たことがなかったのもあるだろう。

ただ、ファリドが相手ならかまわない、と今はそう思っている。

出会ってまだほんの五日ほどしか経っておらず、愛しているかと言われれば正直まだわからない。

さすがに、そこまでの気持ちは育まれていない。

だが、ファリドに強く惹《ひ》かれ、感謝しているのは事実だった。

だから、そんなファリドが求めてくれているのなら、それに応じたいと思った。

ファリドからはたくさんの物をもらっているが、ノエルにはそれくらいしか返せるものがない、というのも理由だ。

けれど、ふとノエルはそこで一つの疑問が浮かんだ。

「あの、陛下」

「なに？」

「獣人の方には、発情期というものはあるのでしょうか？」

ファリドが、呆気《あっけ》にとられたような顔をした。

「は？」

「いえ、その……野生の虎に発情期があるように、虎族の方にはそういったものがあるのかな、と思いまして」

「ない」

即答だった。

「そ、そうなんですか？」

「獣人といっても、基本的な生態は人間と同じだ。即物的な性衝動は勿論あるが、好きな相手の身体には触れたいと思うのも、キスだってしたいと思うのも人間と一緒だ」

言いながら、さらりとファリドがノエルの背中を撫でる。

ぞくり、と背筋が粟立《あわだ》ったのを感じながらも、ノエルは平静を装った。

「そうだな、人間と違うのは……獣人、特に虎族の雄が持つ、伴侶への執着の強さだな」

言いながら、自然とファリドはノエルの身体へと手を伸ばし、その身体を優しく抱きしめる。

「虎は単独行動が基本で、雌雄が一緒に暮らすことは滅多にないと聞きますが」

「野生の虎はそうだ。多くの動物がそうであるように、虎の雄は子孫を残すため、多くの雌と交尾を行う。ただ、獣人へと変化する過程において、それはなくなった」

「どうして……ですか？」

「雌をめぐる争いを避けるためだ。せっかく子孫が残しやすくなったのに、雄同士で殺し合いをしたら元も子もないだろう？　それに、人間と違って獣人、特に虎族の女は強く逞しい。男の力を借りずとも生きていけるし、他の女に目移りをした日には、すぐに出ていって違う男と番《つがい》になってしまう。だから、それを避けるためにも男はただ一人の伴侶を大事にすることにした。ヴィスナーが一夫一妻をとっているのもそのためだ」

ファリドの説明に、ノエルは感心したように頷く。けれど、そんなノエルの反応に、ファリドは小さく笑った。

「だから俺は、伴侶となったノエルのことをとても大切にするし、誰にも渡したくない。虎族の男は嫉妬《しっと》深いから、くれぐれも注意するように」

口調こそ冗談めいているが、見上げたファリドの瞳は笑っていなかった。

とはいえ、ノエルにしてみればいらぬ心配だった。自分に対して、このような気持ちを持ってくれるのはファリドくらいだろう。

「それにしても、ノエルは本当に勉強熱心だな。まさか寝台の上で、獣人の生態を説明することになるとは思わなかったぞ」

ファリドの言葉に、ハッとする。確かに、せっかくの雰囲気が壊れてしまった。

「す、すみません……あの、こういったことに、あまり慣れておらず。といいますか、初めてで」

いくら経験がないとはいえ、あまりにも無神経だったとノエルの顔が俯いていく。

「え？」

けれど、すぐさまファリドはノエルの言葉に反応した。

「初めてって、お前、性交の経験がないのか？」

信じられない、とばかりの視線を受け、ノエルは無言で頷く。

「ヘルブストの王太子の婚約者だったという話を聞いているが？」

「その、学院には美しい人間がたくさんいましたし、王太子殿下には恋人もいましたから……自分など、まったく相手にされませんでした。なんだか、すみません」

魅力のない自分が妃になってしまったことが、改めて申し訳なくなってくる。

けれど、ファリドはノエルを凝視したままだった。さらに、そうしているうちにファリドの身体から、柔らかな光のようなものが立ち上る。

「え？」

呆然と見つめていると、ファリドの容貌《ようぼう》が少しずつ変化していく。

「こ、皇帝陛下⁉」

一体何が起こっているのだと、さすがに心配になってくる。

そして気がつけば、ファリドの顔は虎と同じものになっていた。

スラヴィアに入る間際に見た、白銀の毛を持つ虎だ。ただ、途中でファリドがこらえたためか、完全な獣化ではなく、二足歩行のスタンダードな獣人の姿だ。

「へ、陛下……?」

「悪い。興奮しすぎて、我慢できなくなってしまった」

当たり前ではあるが、会話は可能なようで、声もいつものファリドのままだ。

「まったく、ヘルブストの王太子は見る目がないな。こんなにノエルは可愛いのに」

白銀の虎の青い瞳が、微かに細められる。

「いえ……」

そんなことはない。そう言ってくれるのは、ファリドくらいだ。

「それにしても、困ったな。せっかくノエルを抱けると思ったのに、今日は諦《あきら》めるしかないみたいだ」

「え?」

ファリドの言葉に、ノエルが首を傾《かし》げる。

「いつもの姿に戻るには、生気を発散させないといけないからな。少し時間がかかるんだ」

困ったようにファリドが笑い、ノエルの頭を撫でる。

腕は体毛で覆われているが、指は人間と同じ形をしていた。

獣人が、その姿を獣から人型へと戻すには、ある程度生気を消費しなければならない、ということはアウグストからも聞いたことがあった。幼い頃は力が少ないため、簡単に姿を変えることができるのだが、成人、特に力の強い男性の場合、何もしなければ半日ほど時間を要することもあると。

今の時間を考えれば、朝方までファリドの姿はこのままなのだろう。

目の前のファリドは、顔こそ虎の姿のままではあるが、恐ろしさはまったく感じない。

「せ、生気の発散というのは……性行為では、できないのでしょうか？」

自分でも、一体何を言っているんだとノエルは思う。ファリドも不思議そうにこちらを見ている。

「ああ、むしろ、それが一番手っ取り早い方法だろうな」

「そ、それなら……」

言いながら、顔がどんどん赤くなっていく。その後の言葉が、続けられない。

「この姿のまま、お前を抱いていいということか？」

そう聞いたファリドの声色は、どこか訝し気だった。

正直に言えば、怖いという気持ちはある。元々、性に関してノエルは奥手で、男性同士のやり方というのも、ぼんやりとしかわからない。

しかも、今のファリドは虎の獣人の姿だ。

ただ、どんな姿であってもファリドに対する思いは変わらなかった。何より、ファリドの気持ちに応《こた》えたという思いが強かった。

ファリドを見つめ、ノエルはゆっくりと頷く。

その瞬間、ノエルの身体が寝台へ押し倒された。

性急な動作に、それだけファリドが辛抱強く自身を抑えてくれていたことがわかる。

「どうしても辛かったら、言え。あと、止められないかもしれないから、その場合は殴ってでも逃げていい」

耳元で囁かれ、ノエルも小さく頷く。

それを合図に、ファリドの長い舌が、ノエルの口腔《こうこう》内へと入ってくる。

「はっ……あっ……」

ノエルの小さな口の中は、ファリドの舌でいっぱいになった。


ざらざらとした舌が、ノエルの身体のあちこちを舐《な》め回していく。

元々大きなファリドの身体は、獣化したことにより、もう一回りほど大きくなっていた。

覆いかぶさられれば、身動きがまったくとれない。

ただ、ふさふさとした毛の感触は気持ちがよく、くすぐったい。

「ノエルの身体は、どこもかしこも可愛いな」

口と手を使い、ノエルの服へと触れながら、ファリドが囁く。

「あ、あの……」

思わず、ノエルはファリドが脱がせようとする服の端を、反射的に押さえてしまった。

「ノエル……？　やっぱり怖いか？」

「い、いえ……」

貧相な自分の身体が恥ずかしく感じるのもあるが、それ以前にノエルは他者に裸を見られるのには抵抗があった。

「その……服を着たままではいけませんが？」

ファリドはわずかに瞳を大きくし、

「理由を聞いてもいいか？」

と問うてきた。

詰問するような口調ではなく、穏やかな問いだ。

「身体に傷があって……あまり、きれいなものではないと思うので」

ノエルの言葉に、ファリドは少し考えるような素振りを見せたが、すぐに柔らかく微笑んだ。

「不安な気持ちはわかるが、俺はお前の全てが見てみたい」

「ですが……」

「大丈夫、それで俺のお前への気持ちが変わることはない」

真っすぐに、ファリドがノエルを見つめる。真摯《しんし》なその瞳は、少し怖いくらいだった。

「……わかりました」

ノエルが手を離せば、ファリドは嬉しそうに笑み、丁寧に上衣を脱がしていく。

薄暗い灯りの下、露わになっていく自分の上半身。羞恥《しゅうち》から、そっと視線を逸らした。

ノエルの身体を見たファリドは、驚くことはなかった。

ただ、痛まし気にわずかに顔を歪めた。不快感は持たなかったようで、安堵する。

「これは……どうしたんだ？」

「幼い頃、森で遊んでいた時、獣によってつけられたものだと母からは聞いております」

肩から胸元にかけて残っている、傷跡。

ケロイド状にはなっていないが、元々の肌の白さもあり、薄桃色のそれはくっきりと残っている。

「痛くはないか？」

「十年以上前にできたものですから」

ノエル自身、あの時のことはうっすらとしか記憶に残ってない。

肩から血を流したまま屋敷へ帰ると、メイドが悲鳴を上げ、それを聞いた母が駆けつけてきたのだ。

すぐに手当てはされたものの、出血量の割に、傷跡は深かった。

そしてそれを見た父親からひどく叱責《しっせき》されたことは覚えている。

こんな傷があっては、どこかの裕福な貴族に嫁がせることもできない、と。

当時は父の言葉の意味がわからなかったが、今思えば、すでに傾きかけていた家の財政のため、父はノエルを利用するつもりだったのだろう。

「本当に、大丈夫か？」

「え？」

「こんなひどい傷をつけられて、ノエルは獣が怖くないのか？」

物思いにふけっていたため、ファリドが心配してくれたようだ。

ノエルは、小さく笑って首を振った。

「いいえ」

「どうして？」

「母から言われました。獣は、自ら人間を襲うことは滅多にないと。おそらく、僕が彼らの領域に入ってしまったのでしょう」

だから、獣を恨んだり、怖がったりしてはいない。

実際、その後何度か森の中で獣と出会うことはあったが、不思議と襲われたことは一度もなかった。

ファリドはわずかにその目を瞠《みは》ると、なぜかどこか悲し気に顔を歪ませた。

「……陛下？」

ファリドの顔が、ゆっくりとノエルへと近づき、傷跡に舌を這《は》わせた。

「ひゃっ」

痛みはないが、なんだか、ひどくくすぐったかった。

「やっぱり、ノエルは何もかもが、とてもきれいだ」

そう言ったファリドの響きは、どこか切なげだった。


「ひゃっ……あっ……！」

舌の感触が、気持ちいい。首筋や鎖骨といった部分を舐められ、ゆっくりと胸元へと下りてくる。

片方の乳首を舌で嬲《なぶ》りながら、もう片方を指の腹で押す。

両の乳首を同時に責められ、ノエルの身体にぞくぞくとした感覚が走る。

最初は控えめだった声が、少しずつ我慢できなくなってくる。

ファリドが、それを楽しそうに見つめている。

「可愛い色をしている」

言いながらも、丹念に舐められ続け、ノエルの乳首がぷくりと起《た》ち上がる。

それに気をよくしたファリドは、さらに舌の動きを速くした。

もう我慢できないとばかりに身体を捩《よじ》れば、首筋から背中にかけて舐めとられた。

そうしながらも、ファリドはノエルの顔を覗き込むことをやめない。

「あの、あまり、見ないでください……」

快感に身をゆだねている自分がどんな顔をしているのか、考えただけで恥ずかしかった。

「無理だ。ノエル、お前は自分がどんな顔をしてるかわかってるのか？」

ファリドの唇が、ノエルの耳元へと近づく。

「すごく、気持ちよさそうな顔をしてる。本当に可愛い」

そう言うと、ファリドの舌が耳朶《じだ》を舐める。そして、舌は耳の中へと入ってくる。

「あっあっ…………！」

初めて知るその感触に、ビクリと身体が跳ねる。

手と舌によって身体中をまさぐられ、ノエルの頭はぼうっとしていく。

恥ずかしいという思いよりも、気持ちよいという感覚の方が強くなり、むしろ自ら舐めて欲しいと身体を動かしていた。

けれど、そんなファリドがノエルの足を大きく広げ、ある部分を舐めようとした時、慌てて足を閉じようとする。

「ま、待って……」

「よかった、ちゃんと反応してる」

強い力はノエルの抵抗などまったく通じず、そのままファリドの口がノエル自身を口に含む。

「ひゃっ……！　やっ……！」

水音が、下腹部から聞こえてくる。

ノエルは元々性欲が薄い方で、旅の間も宿に泊まった時に何度か自らの手で慰めただけだ。そんなノエルにとって、初めての口淫は刺激が強すぎた。

「はっ……あっ……ダメ……」

大きなファリドの口の中は温かく、長い舌はノエルの敏感な部分を舐め上げている。

「出していいぞ、ノエル」

ファリドに言われ、必死で首を振る。

いくらなんでも、ファリドの口腔内に出すなんてできるはずがなかった。

ファリドが困ったような顔をして、一度口を離す。

「言い忘れてたけどな、ノエル」

肩で息をしながら、ノエルがファリドを見る。

「人間の精は俺たちにとってある種の滋養にもなるから、本当に気にしなくていいんだ」

「え……？」

滋養、という言葉が、ぼんやりとした頭に浮かぶ。

けれど、すぐにそんなことを考えている暇はなくなった。

「はっあっはっやっ……ひっ…………！」

粘着音が大きくなり、ノエルの身体が収縮する。

「あっ…………！」

ダメだ、と身体を離そうするが、ファリドの力にはかなわなかった。

達した瞬間、白濁がファリドの口の中へと流れ込んでいく。

「ご、ごめんなさい……」

「だから、謝らなくていい」

口調こそ優しいものだが、ノエルは気づいてしまった。

ファリドの瞳の中に、強い欲望の焔《ほのお》があることに。

「こ、皇帝、陛下……？」

ノエルが呼べば、ファリドはニッと笑みを携え、くるりとノエルの身体を反転させた。

さらに上半身は寝台へと縫いつけられたまま、四つん這いにさせられる。

あらぬ部分が露わになっていることに気づき、慌てて膝を崩そうとするが、強い力で阻まれた。

「ダメだ、じっとしていろ」

臀部《でんぶ》にファリドの長い毛が触れ、くすぐったさに力が抜けそうになる。

「あっ……そこは……やっ……！」

言葉が、嬌声《きょうせい》へと変わっていく。

ファリドの長い舌が、ノエルの秘穴を舐め上げたのだ。

「やっ、やめて、くださいっ………！」

収まった熱が、再び身体に集まっていくのを感じる。

「ダメだ、俺のは、かなりの大きさがある。ノエルに怪我《けが》をさせたくない」

最初は遠慮がちだったファリドも興奮からか、途中で止めるという選択肢は一切ないようだ。

「あっはっ……！」

襞《ひだ》の周りを丁寧に舐めていた舌が、少しずつ後穴へと入っていく。

長い舌が、ノエルの中を解していく。

「ノエルのここは、すごくきれいな色をしてるな」

ようやく舌が抜かれ、ホッとするまもなく、今度は他のものが中へと入れられる。

「ひっ……やっ……！」

ファリドの太く長い指が、ノエルの中をゆっくりと抜き差ししていく。

「だいぶ柔らかくなってきた」

「ふっ……あっ……」

崩れ落ちそうになる身体を支えられながら、中をかき回されていく。

最初にあった異物感も指が増やされるにつれ、もどかしいような感覚になってくる。

そして、ファリドの指がある部分に触れた瞬間、ノエルの身体が、大きく跳ねた。

「はっ！　あっ！」

「ああ、このあたりか……やはり、指だと届きにくいな」

ノエルの中にあった指が抜かれ、どこか寂しさを感じ、思わず振り返ってしまう。

「そんな顔するな、すぐに、挿《い》れてやる」

興奮からか、ファリドの声は少し掠《かす》れていた。

「え？」

ノエルが声を出した瞬間。

「はっ…………！」

ずぶりと、質量のある固いものがノエルの中へと挿入される。

「ひっ……」

これまでとは比べものにならない大きさに、思わず息を止めてしまう。

苦しい、無理、そんな思いが言葉になることはなかった。

「ノエル、息を吐くんだ。大丈夫、亀頭の部分が入れば、後は少し楽になる」

本当だろうか、すでにノエルの窄《すぼ》まりは限界まで開かれているはずだ。

ファリドが後ろから、ノエルの自身へと手を伸ばす。

「あっ」

ファリドの手で包み込まれ、力が一瞬抜ける。

その隙《すき》を見逃さず、ファリドがゆっくりとノエルの中へと進んでくる。

「…………っ！」

腹の中に届きそうなほど、ファリドの屹立《きつりつ》は大きく、長かった。

隙間なく埋められたそれに、ノエルは身体が開かれていくような感触さえ覚えた。

「少しずつ慣らしていく。ゆっくり、息をしろ」

優しく声をかけられ、ノエルも小さく呼吸を始める。

「大丈夫だ。切れていない」

そう言うやいなや、ファリドがゆっくりと自身の怒張を動かし始める。

「やっあっ……！　あっ……！」

痛みは、感じなかった。むしろ、ファリドがノエルの敏感な部分を中心に突いていくため、異物感はすぐに快感へと変わった。

「あっ……はっ……はっ……！」

呻《うめ》き声のようだった自身の声も、いつの間にか甘い響きを帯びてくる。

きついのに、気持ちがいい。まるで、自分の身体が自分のものではなくなったようだった。

「お前の中は、狭いが柔らかくて、すごく気持ちがいいな」

動きは早急になり、秘部にファリドの毛があたる。

「へっ……陛下っ……！」

あまりの激しさに、くずれ落ちそうになる身体を、ファリドが大きな手で支えてくれる。

「ファリド」

「へ？」

「陛下ではなく、ファリドと呼べ」

ファリドにそう言われ、小さく息を吐きながらノエルは素直に口にする。

「ファリド、様……」

瞬間、ノエルの中にあったファリドのものの固さが増した。

背中を舐められ、首筋を甘嚙みされながらも、ファリドはノエルの中を激しく、抉《えぐ》るように突いていく。

両の指は、ノエルの乳首を摘《つま》みあげ、その刺激にノエルの秘部も収縮する。

「すごいな、ずっとこうしていたい」

ファリドが、ノエルの頬を舐め上げる。

「悪い……中に、出す……」

朦朧とする意識の中、腰をがっちりと固定され、ドクンとファリドのものの質量が増す。

「あっあっ……」

痙攣《けいれん》するように、ノエルの身体が震える。

温かいものが注がれていくような感覚を覚え、そこで、ノエルの意識は途切れた。


翌日の、ファリドのノエルへの気遣いは、度を越していた。

「どこか痛いところはないか？　一人で歩けるか？」

元の姿に戻ったファリドは、これまで以上に愛《いと》おし気な視線をノエルへと向け、あれこれと世話を焼こうとする。

バテリシナが部屋へ入ってきてからもそんな調子なので、常に冷静な女官もさすがに困惑している様子が見て取れた。

嬉《うれ》しい気持ちはあるが、恥ずかしさと申し訳なさで、ノエルの頰《ほお》は赤く染まっていく。

「陛下、ノエル様のお世話は私がしますので、どうか政務のご準備を」

バテリシナにそう言われ、仕方なくファリドは自身の身体《からだ》をノエルから離す。

それでも、どこか名残惜し気だ。

「ノエル、今日は一日執務室から出られないほど予定が詰まっているが、教師たちに何か言われたら後で教えるように」

「……私がお傍《そば》におりますので、心配なさらないでください」

そういえば、今日から教師による授業が始まるのだった。

ファリドは心配しているが、隣にいるバテリシナはあくまで冷静な態度だ。

「い、いってらっしゃいませ……」

ずっと黙っていたノエルだが、絞り出すようにそう言えば、ようやくファリドの表情に笑みが見られた。


情事の後、意識を失ったノエルの身体はファリドが清めてくれたようだが、よく見ればあちらこちらに赤い痕《あと》が散らばっている。

昨日は気づかなかったが、その数の多さに、バテリシナに着替えを手伝ってもらうのがひどく気恥ずかしかった。

もっともバテリシナは気にすることなく、淡々と仕事を行っていく。

「陛下のあんなお姿、初めて見ました」

髪を整えた後、バテリシナがポツリと呟《つぶや》いた。

「常に冷静で、何があっても微動だにされない方なんです。恐ろしいまでに、理性的といいますか……」

「そう、なのですか……？」

「即位された十六の時からそんな感じでしたので、正直驚きました。とはいえ、皇妃様の前だけですので、普段は以前と変わらず、冷静沈着なままなのですが」

氷のように冷たい心を持ったヴィスナーの皇帝は、表情一つ変えずに処刑を命ずることもあると、以前どこかで聞いたことがある。

それこそ、獣人でありながら人の心がないのだと言われていたことも。

けれど、実際に会ったファリドは優しく茶目っ気のある人物で、とてもそんなふうには見えなかった。

「おそらく、皇妃様だけが、陛下にとっては特別な存在なのでしょうね」

小さく、バテリシナが微笑《ほほえ》む。

どこか嬉しそうなのは、気のせいではないだろう。

確かに、ファリドは目に入れても痛くないほどにノエルを愛おしんでくれている。

その気持ちは、ノエル自身が誰《だれ》よりも感じている。

ただ、嬉しい反面、ファリドの気持ちをどこか信じきれない自分もいた。

ファリド自身の口から一度も出たことがない、前皇妃であるポリーナのことが気にかかっているからだ。

昨晩、ファリドからは虎族《とらぞく》の雄の番《つがい》への執着の話を聞いた。

出会ってたった数日しか経っていないノエルのことでさえ、こんなにも慈しんでくれるのだ。

それだけ、ファリドは情が深い獣人なのだろう。

十年近く連れ添ったポリーナのことは、どれほど愛していたのだろう。

そう考えると、ノエルの胸はチクリと痛んだ。

おそらく、ヴィスナー皇帝として、他国から嫁いできたノエルを大切にしようと努めてくれているのだ。

そんなファリドの優しさに、ただ甘えてはいけない。

そして、ファリドの想いに報いるためにも、自分もできる限りのことをしようと、密《ひそ》かにノエルは思った。


朝食を終えたノエルは、バテリシナによって教師たちが待つ部屋へと案内される。

道すがら説明されたが、全《すべ》てヴィスナー帝国内でも指折りの、優秀な人材が集められたという話だった。

国賓ではなく、ちょっとした来客を招くための花の間はそれほどの広さはないため、確かに勉強にはちょうどよいだろう。

番兵によって扉が開けられると、すでに中では三人の教師が待っていた。

みな初老で、いかにも教師然とした彼らはなかなか気難しそうだ。

三人が座るテーブルの隣には、なぜかレナートが立っている。

「これは皇妃様、ようやくお出ましになられましたか」

「勉強はお嫌いとお聞きしておりましたし、いらっしゃらないかと心配しておりました」

「何からお教えいたしましょうか。まずは文字から、ですかね」

早口でそれぞれに捲《まく》し立てている教師陣の顔はにやついており、明らかにノエルのことを見下している。

ムッとしたバテリシナは物言いたいような表情でノエルのことを見たが、ノエルは小さく首を振った。

「やはり、わかっていないようですね」

「まったく、嘆かわしい。仮にも我が国の皇妃に選ばれた人間が、この国の言語すら知らないとは」

「先が思いやられますな」

ノエルが何も言わないため、言葉が通じていないと思っているようだ。

「あちらの学院の試験で最も低い点を取った者らしいですから、仕方ありませんよ。ポリーナ姉上とは大違いだ」

横からレナートが口を出すと、同意しながら教師たちは笑った。

ヴィスナーの事情はほとんど入ってこないヘルブストに比べ、ヘルブストの情報は筒抜けのようだ。

これに関してはヘルブスト側にも問題があるため、ノエルとしてはきまりが悪い部分もある。

言葉もわからず、途方にくれていると思っているのだろう、レナートがノエルを見て鼻で笑った。

この程度の扱いは、学院で何度もされてきたのだ。今更、傷ついたりはしない。

けれど、今は学院にいた時の立場とは違う。自分は、ヴィスナー帝国皇帝・ファリドの皇妃だ。

小さく深呼吸をし、ノエルは息を吸い込んだ。

「お待たせしてしまって、申し訳ありませんでした。ノエル・ルイーズと申します。先生方には、ヴィスナー帝国に関するたくさんのことを教えていただきたいと思います。不出来な生徒ですが、どうぞよろしくお願いいたします」

一呼吸で言いきったノエルは、きれいなお辞儀を教師たちへと行った。

膝《ひざ》が、がくがくと震えている。

ブーツが大きいため、見えはしないだろうが、どれだけ自分が緊張していたかがわかる。

顔を上げれば、呆気《あっけ》にとられたのか、教師たちがあんぐりと口を開けている。

「お世話をさせていただいて思いましたが、皇妃様はたくさんの知識をお持ちですし、知的好奇心も旺盛《おうせい》な方です。くれぐれも失礼のないように」

追い打ちをかけるようにバテリシナが言うと、なんとも居心地が悪そうな顔をした教師陣が、小さく頷《うなず》いた。

「あ、あの……専門は……特に興味のある分野は、あるのでしょうか」

三人の中でも一番年配の男が、恐る恐るノエルへ声をかける。

「ヘルブストでは医療や公共事業ついて学んでいました」

「医療を、ですか？」

「あ、あくまで素養なので、医師の資格は持っていません。興味のある分野としましては、この国の文化や虎族の歴史、そしてその生態を学びたいと思っております」

バテリシナが後押ししてくれたこともあるのだろう。心臓が、口から出そうなくらい緊張したが、なんとか最後まで伝えることができた。

教師陣が顔を見合わせ、何度か頷き合った。

「かしこまりました。私どもはそれぞれ専門分野が違いますが、皇妃様の要望にお応《こた》えできるよう、誠心誠意努力したいと思います」

「よ、よろしくお願いいたします」

もう一度、ノエルはしっかりと頭を下げた。

ゆっくりと顔を上げれば、教師たちはホッとしたような表情をしていたが、レナートの眉間《みけん》に濃い皺《しわ》が刻まれているのがわかった。

舌打ちし、ノエルを一瞥《いちべつ》するとそのまま退出していく。

バテリシナが何か声をかけようとしていたが、ノエルは必要ないと、小さく首を振った。


教師陣の誤解は解けたかに思えたが、やはり最初から全て順調とはいえなかった。

一度ついた印象というのはなかなか払拭《ふっしょく》できないようで、年配の教師以外はどこかノエルを軽視するような態度や言動が多々見られた。

それでも、それも時間とともに少しずつ改善していった。

ノエルも、学院にいた頃はなかなかできなかった質問が少しずつできるようになっていった。

こんな質問をしたら笑われないか、何を言っているんだと思われないか、等々考えなくてよいからだ。

教師陣が、ノエルの質問の一つ一つに丁寧に答えてくれるということもある。

ただ、それでも一点だけ、少々困っていることがあった。

「……まだ、終わらないのか？」

政務から帰ってきたファリドを、ノエルは部屋の中にあるテーブルに向かい合いながら出迎えた。

皇妃教育が始まり、寝室でも学習ができるようにファリドが用意してくれたものだ。

「す、すみません……」

毎日、少しずつ課題を出してくれるのだが、今日は特別多かった。

理由は、授業の終わりにレナートが顔を出したからだ。

あれ以来、毎日といわないまでも時折レナートは訪れてくる。

腕組みし、不機嫌そうに後ろから見られるのは、あまり気分がよいものではない。

けれど、それでも何回か続けば慣れてしまった。

「人間風情が、いつかその本性を暴いてやる」

去り際にそんなふうに言われたことは、一度や二度ではなかった。

最近では、教師陣の方が恐縮しきってしまっている。

少しでもノエルがミスをすれば、ここぞとばかりにレナートが指摘してくるため、申し訳ないと思ってくれているのだ。

以前のノエルであれば、またミスをするのが怖くて何も言えなくなってしまったかもしれない。

それでも、気にせずにいられるのは全てファリドのお蔭《かげ》だ。

ノエルが教師と勉強を始めてから、部屋に帰ればファリドはいつもその日何を学んだのか聞いてくれるようになった。

ファリドにとってはすでに知識としてついている内容で、面白くもなんともないはずなのだが、とても嬉しそうにノエルの話を聞いてくれる。

だから、ノエルもめげることなく勉強を続けている。

とはいえ、毎日ではないものの、時折ノエルはたくさんの課題を出されることがあった。

それは授業の終了間際、レナートがやってきて、課題を出す教師に、そんな量では足りない、もっとたくさん出すべきだと横から口をはさんでくるからだ。

レナートに言われたら、逆らえないのだろう。

申し訳なさそうに、全部終わらなくてもかまわないからと、山のような課題を出してくるのだ。

それでもファリドが帰ってくるまでにはなんとか終わらせてきたのだが、今日は少し調べるものも多かった。

そのため、ファリドが帰ってきてからもずっと椅子《いす》に座ったたままだ。

「いや、お前は悪くない。日中にあれだけ学ぶ時間をとっているのに、こんなに課題を出す方がどうかしている」

寝台へと座ったファリドに、どこか不満気に言われ、ノエルは何も言えなくなってしまう。

別に、教師が悪いわけではなく、どちらかといえばレナートのせいなのだが、それを言うのはまるで告げ口しているようでさすがに抵抗があった。

それに、ファリドの弟を悪く言いたくもなかった。

「俺の方から、教師に言ってみるか？」

「あ、ありがとうございます。だけど……大丈夫です。それに、もう終わりました」

羽根ペンを置き、やんわりとノエルが断ると、ファリドはわずかに驚いたような顔をして、にやりと笑みを浮かべた。

「ノエルは意外と、気が強いというか、頑固なところもあるな」

「あ……」

それは、自分のことだろうか。慌てて、ノエルは頭を下げる。

「も、申し訳ありません。ファリド様が、せっかく言ってくださったのに」

不快な気分にさせてしまったかと不安になれば、ファリドはやんわりと首を振った。

「ああ、すまん。そういう意味じゃない」

言いながら、ファリドが笑顔で手招きをしてくれる。

ノエルが近づくと、あっという間にその身体を抱きすくめられた。

幼子のようにファリドの膝へと座らされ、少し気恥ずかしい。

「自分の意見が言えるのは決して悪いことじゃない。だから、今みたいに思ったことは我慢せずに口にして欲しい。特に、俺に対しては」

ファリドの空色の瞳《ひとみ》が、真っすぐにノエルを見つめる。

「あ、ありがとうございます……」

「俺としては嬉しいくらいだ。ノエルは、いつもどこか不安気に俺の顔ばかり見ているからな。嫌なことも嫌だと言えないのではないかと、心配していたんだ」

だから、安心したのだと、ファリドは、嬉しそうに笑んだ。

「す、すみません。あまり、頭の動きがよくないので、言葉に出すのが、どうも遅くなってしまって……」

「そんなことはない。ノエルはとても利発だ。言葉がゆっくりなのは、それだけノエルが色々なことを考えて発言してるからだろうな」

ファリドはそう言ってくれたが、ノエルは曖昧《あいまい》に首を振ることしかできなかった。

「とはいえ、獣に対しては饒舌《じょうぜつ》なようだな？」

「え？」

「ヴィタークに対して、えらく楽しそうに話しかけてただろう？　あれには驚いた」

「……そ、それは」

ファリドの指摘に対し、ノエルの頬に熱が集まる。

ヴィターリクは、ファリドの愛馬で、漆黒の毛並みを持つ力強い雄馬だ。

最初に紹介された時からその美しさに強く惹《ひ》かれたノエルは、ぜひまた会いたいと思っていたのだ。

そして、ここのところ天気のいい日が続いていたため、日当たりのよい場所で寛《くつろ》いでいたのを見つけたノエルが自分から話しかけたのだ。

けれど、ファリドに見られていたとは思わなかった。

「まさかとは思うが、獣の言葉がわかるわけではないよな？」

ファリドのような獣人たちとは違い、ヴィターリクのような獣は言葉を発することはない。

「は、はい。わかりません。だけど、なんとなくですが、気持ちはわかるんです」

ノエルの言葉に、ファリドが驚いたようにノエルの顔を見つめる。

「も、勿論《もちろん》獣人の方々のように正確な意思疎通ができるわけではないのですが。喜怒哀楽くらいは、なんとなくわかるといいますか」

「……まあそうだろうな。ヴィターリクも、ノエルのことはいたく気に入ったようだ」

「本当ですか？　よかった」

嬉しくて、思わず口に出せば、ファリドの瞳が細められた。

「確かにお前も、俺といる時よりずっと嬉しそうだったからな」

「そ、そんなことは！」

拗《す》ねたように言うファリドに、慌ててノエルは口を開く。

「ファリド様と一緒にいると、まだドキドキはしますが、お話ししていてとても楽しいです。ファリド様はいつも面白いお話をしてくださるのに、上手く返せなくて申し訳なく思っています……」

外見は完璧《かんぺき》なほど整った美貌《びぼう》を持つファリドではあるが、話す内容はウィットがきいており、面白い話もよくしてくれる。

だからノエルは、楽しくていつも自然と笑ってしまっていた。

「そんなふうに考える必要はない。俺がノエルに笑って欲しくて話してるんだから、ノエルはただ聞いてくれればいい」

「ですが……」

「ただ、ヴィターリクにあんなに楽しそうに話しかけてるのは、少し面白くなかったな。ヴィターリクだけじゃなくて、他の馬にも話しかけていたようだが」

ファリドの言葉に、ノエルは苦笑いを浮かべる。

「その……獣は、人間や獣人のように、難しくありませんから」

「どういう意味だ？」

「彼らは、気持ちがとてもはっきりしていますし、それに……他者を傷つけるような言葉を放つこともありませんから」

「ノエル……」

「ご、ごめんなさい。あの、よくわからないことを言ってしまって」

慌てて取り繕うように微笑めば、ファリドはノエルを抱き上げ、そっと寝台へと座らせた。

そして、ファリドの身体から、光のようなものが立ち上っていく。以前見たのと同じものだが、今回はそれよりもさらに長い時間がかかっていた。

ノエルが何かを発する前に、ファリドの身体は完全な虎へと獣化していた。

二足歩行でもない、門で見た神々しいまでに美しい虎の姿に、ノエルは大きくその目を見開く。

「この姿の方が、ノエルにとっては話しやすいか？」

どうやら、先ほどのノエルの言葉を気にかけて、自らの意思で獣化してくれたらしい。

ノエルは驚きながらも、慌てて首を振った。

「ファリド様は、どんなお姿でも、お話ししやすいです」

昔から、人間よりも獣と話す方がノエルにとっては気が楽だった。

獣は人間のようにノエルを見下したり、バカにしたり、ひどい言葉をぶつけることがないからだ。

けれど、ファリドがそんな人間や獣人とは違うことを、ノエルは知っている。

ノエルがそう言えば、ファリドは困ったように首を傾《かし》げた。

口には出さなかったが、せっかくこの姿になったのに、と言っているようで可笑《おか》しかった。

「ただ、あの……」

「なんだ？」

「お身体に、触れてみてもいいですか？」

「ああ、勿論」

ファリドに言われ、さっそくノエルは手を伸ばす。

銀色の、さらさらと流れるような毛並みをうっとりしながら見つめ、そしてそっとその身体へと触れる。

想像していたよりも、ずっと柔らかい、気持ちのいい感触だった。

無意識のうちに片方の手も伸ばしてしまい、両の手でその心地よい手触りを楽しむ。

けれど、ふとそこでノエルは手を止めた。

「……ノエル？」

ファリドに怪訝《けげん》そうに問われ、ノエルは慌てて首を振った。

野生の虎は何度か見たことがあったが、触ったのは勿論初めてのことだ。

虎は人には懐かない動物で、飼っている人間など勿論いない。

けれど、ファリドの毛並みを触った時、なぜかノエルは懐かしいと思ってしまった。

まるで、この手触りを自分が知っているかのような感覚に、驚いたのだ。

「あまりにも心地がよくて、びっくりしました」

ノエルが嬉しそうにそう言えば、ファリドも満更ではなかったのか、その鼻を鳴らした。

けれど。

「……失敗した」

「え？」

「この姿では、さすがにノエルを抱けないからな……」

ファリドの言葉に、ノエルもハッとする。

最初こそ獣に近い姿で身体を繋《つな》げたノエルとファリドだが、それ以降はいつもと同じ獣人の姿のままだ。

ノエルの身体のことを考えると、やはりそれが一番いいとファリドも思っているようだし、ファリド自身の快感にも差はないのだという。

連日抱かれるのは身体への負担が大きすぎるが、挿入までいかなくとも、互いの性器へと触れたり、身体に触れあったりする行為は毎日のように行っている。

ファリドはこらえてくれてはいるが、ノエルを見る青い瞳には強い欲がいつも籠《こ》められていた。

そして、今日は久しぶりに身体を繋げる日だったのだ。

目の前にあるファリドの身体は、成人の虎の倍はあるほどの大きさだ。

体格差を考えても、さすがに性交はできないだろう。

「朝には……元の姿に戻るでしょうか……」

「え？」

獣化をとくには、気を発散させるか、時間が経つかの二通りの方法しかない。

今の時間を考えれば、朝方には元の獣人の姿へと戻るはずだ。

「そ、その朝になってからでは……いけないでしょうか」

言いながら、ノエルの頬が赤く染まっていく。

「いいのか？」

喜色満面なファリドの言葉に、ノエルはこくりと頷く。

獣人が性交を行うのは夜だけではない、とその生態を学んでノエルは知った。

夜の性交の方が、外敵の姿も見えないため、危険であるという考えすらあるほどだ。

毎日のように身体を見られているとはいえ、明るいところで身体を重ねることにはやはり抵抗がある。

ファリドもそれがわかっているため、夜以外にノエルの身体を開こうとはしない。

けれど、だからこそノエルの言葉が嬉しかったのだろう。

恥ずかしい気持ちはあるが、ファリドのそんな姿を見ていると、ノエルもとても嬉しい気持ちになった。


その夜、ノエルはファリドの毛並みにくるまれながら眠った。

心地よくて、とても暖かかったからだろう。とても不思議な、幸せな夢を見た。

夢の中のノエルは、なぜか子どもの姿で、そして虎の姿のファリドと一緒に野原を駆け回っていた。


穏やかで優しい日々は、ゆっくりと流れ、気がつけばノエルがヴィスナーへ来てから二カ月近くが経過していた。

ファリドは変わらずノエルをとても大切に慈しんでくれ、ノエルはこれ以上ないほどの幸せを感じていた。

湯浴みを終え、身体を清めたノエルはファリドが部屋へと帰ってくるのを一人待っていた。

つい先ほどまでバテリシナがあれこれと世話を焼いてくれていたが、ファリドも遅くはならないと言っていたため、下がってもらったのだ。

一人になる時間は滅多にないこともあり、静かな部屋の中、ゆっくりとノエルは物思いにふける。

何もかもが順調、というわけではないものの、それでも今のノエルは怖いくらいに幸せな日々を送っていた。

日に日に、ファリドへの思慕や敬愛の想いが募っていく。

こんな感情を抱く日がくるなんて、ヘルブストを出る時には、想像すらしていなかった。

そこでふと、ヘルブストにいた頃の友人たちのことを思い出す。

ノエルがファリドの皇妃に選ばれたことは出立の日まで知らせることができなかったため、誰にも挨拶《あいさつ》ができなかったのだ。

国交が結ばれてからは、両国の使いの者は時折行き来をしていると聞いている。

もうすぐ本格的な冬が来るため、そうなると使者の交換も難しくなるだろう。

後でファリドに手紙が出せないか、聞いてみよう。

そんなふうに思っていると、ふと部屋の扉の前から複数の声が聞こえてきた。

一人の声には、聞き覚えがあった。おそらく、ファリドの部屋の警備を行っている番兵のステバンだろう。

初老のこの番兵は、かつて軍では指折りの剣の腕を持っていたようで、ファリドの身辺の警備を担っている。

自らノエルに話しかけることはないが、いつも穏やかな瞳で見守ってくれていた。

こっそりと耳をそばだてると、おそらく一人の声は若い青年の番兵で、さらに子どものように高い声も聞こえた。

一体どうしたものかと、廊下の様子を覗《のぞ》くべく、こっそりと扉を開ければ。

そのわずかな隙間《すきま》から、何かが部屋の中へと飛び込んできた。

驚いたノエルは、咄嗟《とっさ》に扉を閉めてしまう。そして、部屋の中に入ってきたその何かを、慌てて探す。

恐る恐る寝台の上を見つめれば、猫が、きょろきょろと周囲を見回していた。

いや、猫ではない。寝台の上にいたのは、子どもの虎だった。

「ちちうえ？」

「は、はい？」

ノエルは、子虎が喋《しゃべ》ったことに、驚いた。どうやら、獣人の子どもが虎へと獣化しているようだ。

父上、と口にしながらも、ノエルが父ではないと気づいたのだろう。

子虎が混乱したように寝台の上を歩き回る。

「父上は？　父上はどこ？」

「え、えっと……」

ゆっくりとノエルは近づいてみる。

「誰？」

すぐ傍まで近づけば、ぴょこんとノエルの胸に、子虎が飛び込んできた。

柔らかな毛の感触があまりに心地よくて、咄嗟にノエルは抱きしめてしまった。

興味津々といった表情で、子虎はノエルの顔を覗き込んでいる。

「あの、僕は……ノエル、と申します」

「ノエル？　ノエルの耳はどうしてそんなに小さいの？」

「え？」

子虎が、短い前足を懸命に伸ばし、ノエルの耳へと触れようとする。

腕の中でもぞもぞと動かれ、くすぐったさに、思わず笑みが零《こぼ》れる。

「僕は人間なので、耳の形が違うんですよ」

「にんげん？」

子虎が、じっとノエルの表情を見つめる。

「ノエル、人間？　違うよ。人間は、怖いんだよ。ノエルは、怖くない……可愛《かわい》い」

そう言うと、照れたように子虎はノエルの腕の中から飛び出し、寝台に座るノエルの周りを楽しそうに駆け回る。

けれど、走り回るうちに、疲れてしまったのだろう。再びノエルの腕の中へと自ら飛び込んできて、そのままくったりと動かなくなってしまった。

どうやら、眠ってしまったようだ。

柔らかい子虎の毛並みを、優しくノエルが撫《な》でれば、気持ちよさそうに喉《のど》を鳴らした。

腕の中に納まる大きさということは、まだ、五歳くらいだろうか。

銀色の毛並みは、滅多に見られるものではない。そう考えると、おそらく……とノエルが思ったところで、勢いよく部屋の扉が開けられた。

「ノエル⁉　今ここに」

すでに寝間着姿のファリドが、どこか慌てたように部屋へと飛び込んでくる。

ファリドの後ろには、バテリシナと一緒にすらりと背の高い女性と、七、八歳くらいの少女がいる。

当たり前ではあるが、みな獣人だ。

ノエルは、人差指を口元へと持っていき、声を抑えてもらうようファリドにアピールする。

驚いたようにノエルの腕の中にいる子虎を見つめたファリドは、大きなため息をついた。

「改めて紹介する。娘のタチアナ、今年八歳になる。その横は養育係のユリーナ。元々は軍属で、護衛も兼ねている」

亜麻色の髪をした可愛らしい少女が、小さく頭を下げる。

隣に立つユリーナは軍属というだけのことはあり、顔は虎の姿だが、凛《りん》とした美しい顔立ちだ。他の女官のようにスカートではなく、ズボンを身につけている。

タチアナの方はノエルに興味があるようで、ちらちらと視線を向けてくるが、ユリーナの方は見ようともしない。

「それから、これが息子のイリヤ……五歳になったばかりだ」

ノエルの胸元に眠るイリヤを、苦笑いを浮かべながらファリドが見る。

やはり、毛並みの色から皇族、ファリドに近い血筋のものだと予想していたが、実の息子だったとは。

前妻であるポリーナとの間には子どもがいるとは聞いていたが、こんなに幼いとは思わなかったからだ。

「そして、こちらが俺の妃となったノエル」

「よ、よろしくお願いいたします」

寝台へと座ったまま、ゆっくりとノエルは二人に対して頭を下げる。

タチアナとは一瞬目が合ったため、にっこりノエルは微笑んだが、すぐに視線を逸《そ》らされてしまった。

ユリーナの方も、小さく目礼はしてくれたものの、ノエルへ向ける視線はどことなく冷たいものだった。

「ところでユリーナ、お前の任務は皇太子と皇女を養育し、護衛することだったと思うが？」

腕組みをしたまま、ファリドがユリーナへ声をかける。

先ほどまで、ノエルに向けられていた眼差《まなざ》しとは違い、冴《さ》え冴《ざ》えとしたその視線にドキリとする。

「申し訳ありません。湯浴みを終え、ほんの一瞬、目を離した隙に……」

「言い訳はいい。宮殿内にいたからいいようなものを、もし外に出たらどうするつもりだ」

聞いたことがないほど淡々と、冷たいファリドの口調に、ノエルは肝が冷えるような心地がした。

確かに目を離したのはユリーナの責任ではあるが、ここまで厳しく叱責《しっせき》されていれば、見ているのも心が痛む。

「まあいい。イリヤは寝てしまっているんだ、タチアナも一緒に早く休ませて欲しい」

「はい、かしこまりました……」

ユリーナの手が、微《かす》かに震えていたのをノエルは見て見ぬふりをした。

そして、すぐにノエルの腕の中にいるイリヤを、ユリーナが手を伸ばし、受け取ろうとする。

そのまま差し出すべきだと思いつつも、ノエルは身体よりも口の方が先に動いてしまった。

「あ、あの……」

「何か」

冷たくユリーナに言われ、咄嗟にノエルの身体が固まる。

ユリーナの瞳からは、明らかに拒絶の意が感じられたからだ。

やはり、余計なことは言わない方がいいだろうかと、視線が下がっていく。

「ノエル」

ファリドに呼ばれ、ノエルはゆっくりと視線を向ける。

「ゆっくりでいいから、思ったことを言ってみろ」

ファリドの言葉に、ユリーナの眉間に皺が寄る。

けれど、その言葉に後押しされたノエルは、小さく息を吐き、その口を開いた。

「あの、タチアナ様とイリヤ様に、このままここで休んでもらうわけにはいきませんか？」

「……は？」

まったく予想していなかった言葉だったのだろう、ユリーナの頬がぴくりと引きつった。

「イリヤ様はもう眠っていらしゃいますし、動かすのもおかわいそうで……。それに、お二人ともまだお小さいですし、ファリド様と一緒に眠りたいのではないでしょうか……」

だんだんと、声が小さくなっていくのを感じながらも、なんとかノエルは最後まで言い切った。

けれど、それに対するユリーナの反応は予想以上に冷たいものだった。

「はあ？　何を仰《おっしゃ》るんですか？　お二人は皇帝陛下のご子息ご息女です。皇妃様はご存じないかもしれませんが、皇帝の子は厳格に、自立できるよう育てられるのがヴィスナーの習わしです。そんな、一緒の寝台で眠るなど、市井の子どものような……」

小馬鹿にしたようにユリーナに鼻で笑われ、ますますノエルは小さくなってしまう。

やはり、余計なことは言わない方がよかったようだ。

仕方なく、腕の中にいるイリヤをユリーナへと渡そうとすると、二人のやりとりを見守っていたファリドがその口を開いた。

「ノエルは、それでもいいのか？」

「……え？」

「タチアナとイリヤが、一緒でも？」

ファリドの言葉に、少しノエルは驚いた。

子どもたちの気持ちを慮《おもんぱか》って言ったこととはいえ、自分もそこに含まれるとは思いもしなかったからだ。

「僕も……一緒でいいのでしょうか？」

「この部屋以外のどこに、お前の寝る場所があるというんだ？」

苦笑いを浮かべられてしまい、少しばかり気まずくなる。

部屋にいる獣人の視線が、全て自分に注がれるのをノエルは感じていた。

「はい……勿論、一緒で大丈夫です」

控えめに、けれどはっきりとそう言えば、近くにいたタチアナの頭の上の耳がぴくりと動いた。

「ユリーナ、今日はタチアナとイリヤはここで休む。準備をしてくれ」

「しかし……いいえ、なんでもありません」

異論を唱えようとしたユリーナだが、ファリドに一瞥され、すぐに首を振った。

あの氷のような眼差しで見つめられれば、確かに意見できるものはなかなかいないだろう。

ユリーナはノエルを一睨《ひとにら》みすると、そのまま不機嫌そうに寝室を出ていった。

ファリドの寝台は、獣化しても楽に寝られるように広く、丈夫な造りになっている。

小さな子どもが二人加わったところで、手狭になることはなかった。

タチアナとイリヤは、ノエルとファリドの間に挟まれて眠ることになった。

すでに眠ってしまっていたイリヤはノエルの隣に、タチアナはファリドの隣で横になった。

最初は遠慮がちにであるが、楽しそうにファリドにあれこれと話しかけていたタチアナだが、すでにそれも寝息に変わっていた。

可愛らしい二人の子どもを見ていると、ノエルはとても穏やかな気持ちになった。

「悪かった」

「え？」

薄暗い灯《あか》りの中、ファリドの方を見れば、気遣うような視線でノエルを見つめている。

「二人のことを、こんな形で紹介することになってしまった」

「いえ……」

前皇妃との間に子どもがいることは、最初にファリドの口から説明されていた。

そのうち紹介する、と言ったものの、なかなか紹介してもらえなかったのは、子どもたちの心境を考えてのことだと思っていた。

「お二人にとっても僕の存在は複雑でしょうから、気にしないでください」

イリヤは、人間は怖いと言っていた。自分の母親が殺されたのだから、当然だろう。

物心がついていないイリヤでもそうなのだ、タチアナの気持ちを考えれば、ファリドが対面する機会を作らなかった理由もよくわかる。

「いや、そうじゃないんだ。確かに、それもあるんだが……それだけではなくて」

珍しく、ファリドが言葉を選ぶように逡巡《しゅんじゅん》している。

「二人をすぐに紹介しなかったのは、お前に余計な負担を与えたくなかったからだ」

「……え？」

「お前は確かに俺の妃としてこの国に来たわけだけだが、皇妃としての政務もノエルの負担になるのなら必要ないと思っていた。勿論、お前はそうは思ってはおらず、この国に関して熱心に学ぼうとしていることは知っている。だから、少しずつ仕事は任せたいと思ってる。ただノエル、お前はあくまで俺の妃であって、二人の母親ではない。俺はノエルに、義母としての役割を強要したくないと思ってる」

ファリドの気遣いは嬉しく思いつつも、同時にノエルの胸に罪悪感が募る。

子どものことは密かに気になってはいたが、子どもたちに否定され、拒絶されるのが怖くて言い出せなかったのもあるのだ。

そして、そんな自分の意気地のなさにより、過度な気遣いをさせてしまった。

おそらく、ノエルが子どもたちとの対面を望まなければ、ファリドはそれすら受け入れてくれただろう。

けれど、それは子どもたちにとってもよくないことだし、何よりノエル自身もそんなことは望んでいなかった。

「お気遣いを、ありがとうございます。正直に言わせていただくと、二人のお母様はポリーナ様であって、僕ではありません。僕が二人の母親になれるとも、思えません……。ただ、二人ともファリド様の大切なお子です。母親にはなれなくても、その……家族に、なれたらいいなって、そう思います」

気恥ずかしそうにノエルがそう言えば、ファリドの表情が目に見えて明るくなった。

「まったく、残念だ……」

「え？」

「今すぐノエルを抱きしめたいのに、二人が間にいるからできない」

本当に面白くなさそうにファリドが言うため、思わずノエルは小さく吹き出してしまった。

さらに、ファリドが言葉を続ける。

「こうやって寝るのもたまには悪くないが、毎日だとノエルに触れられないから、週に一度か二度にしよう」

真剣なファリドの提案が可笑しくて、ますますノエルは笑ってしまう。

そんなノエルの表情を、穏やかな瞳でファリドが見つめてくれていた。

ヴィスナーに来てから、自分が毎日のように笑っていることに、ノエルは気づいていた。

それはファリドが、ノエルの笑った顔がもっと見たいと、可愛いと言ってくれたからでもある。

大変なこともあるが、自分は今とても幸せだ。そして、それはファリドの存在があるからこそだと、改めて深くノエルは感謝した。


子どもたちとの対面を終えたことで、ノエルの生活に一つの変化があった。

ノエルのことを気に入ったらしいイリヤが、日中もノエルの勉強している花の間へと、顔を見せるようになったのだ。

「ノエル～！」

開けていた窓から飛び込んできた小さな虎は、まるで定位置であるかのようにノエルの膝へと鎮座する。

最初は驚いていた教師もすでに慣れたもので、今は微苦笑を浮かべながらもイリヤの様子を見守っている。

「イリヤ様……あの、ユリーナさんはこちらに来ていること、知っていますか？」

「え？　言ってないよ」

ノエルが、教師と顔を見合わせる。おそらく、すぐにユリーナの怒声が聞こえてくるはずだ。

予想通り、肩で風を切りながらユリーナが花の間へと入ってくる。

「イリヤ様！　勝手に部屋を出てはいけないと申し上げたはずですが！」

女性にしては低めの厳しい声が、花の間に響き渡る。

ユリーナの後ろからは、白髪交じりの男性がついてきている。イリヤとタチアナの家庭教師である、フォードルだ。開け放たれた扉の傍に立つタチアナが、こっそりと中の様子を覗いている。

おそらく勉強中、ユリーナの目が離れたこともあり、イリヤはその隙を見て部屋から逃げ出したのだろう。

ユリーナとは違い、フォードルの表情に怒りは見られない、むしろ、微笑ましそうにイリヤの様子を見ている。

普段であれば、渋々といった感じでユリーナについていくイリヤだが、今日はなぜかノエルの膝から離れようとしなかった。

「イリヤ様……？」

「イリヤ、ここにいる。ノエルと一緒に勉強する」

言いながら、ギュッとノエルの服を握りしめる。肉球の柔らかさを感じながら、ノエルはこっそりとユリーナの様子を見る。

「……何を仰るんですか！」

「だって、一人で勉強してもつまらないもん」

心なしか、イリヤの声が震えているように聞こえた。

イリヤは勉強が嫌いだという話をユリーナはしていたが、もしかしたら嫌がるのは他に理由があるのかもしれない。

「それは……仕方がないでしょう！　イリヤ様はタチアナ様と違って、ペンを持つことも文字を書くこともできないのですから！」

出産時の母体の負担を減らすため、獣人、特に皇族の子どもは出産時は人型ではなく獣の姿のまま生まれてくる。

そして、物心がつく頃には獣人の姿へと自分の意思で変えられるようになるのだ。

けれど、イリヤは生まれてこのかた、一度も獣人の姿になったことがないという。

宮殿の中には心配する者も何人かいるが、医師が身体に異常はないこと、さらにファリド自身が気にしていないためこれといって問題にはなっていない。

ただ、当たり前ではあるが勉強を行う上ではやはり不便なこともあるようだ。

とはいえ、いくら皇太子とはいえ、こんなに小さな子どもが一人で勉強をしなければならないという環境が、ノエルにはとてもかわいそうに思えた。

「あ、あの……」

だから、恐る恐るノエルはユリーナへと声をかける。

「……なんでしょう」

すでに何度か顔を合わせてはいるが、ユリーナのノエルへの態度はまったく変わらない。

無視をされるようなことこそないが、ノエルを見るユリーナはいつも苦虫を噛《か》みつぶしたような顔をしている。

「イリヤ様もこう仰っていることですし、一緒に、ここで学ぶことはできないでしょうか？」

ノエルがそう言った瞬間、膝の上にいるイリヤの耳がピクリと動いた。

「はあ⁉　一体、何を仰るかと思えば……！」

対照的に、信じられないとばかりにユリーナは顔を顰《しか》める。

「先ほども申しあげました通り、イリヤ様はまだ獣人の形がとれないため、文字を書くことすらできないんです。だから……」

「も、文字が書けなくても、一緒に本を読むことはできます」

ユリーナの眉《まゆ》がつりあがる。けれど、怯《ひる》むことなくノエルは言葉を続けた。

「色々なものを、見ることだってできます。獣の姿のままでも、学べることは多いと思います」

「確かにそうかもしれませんが、皇妃様と一緒に学ばれることと、何か関係がありますか？」

聞き分けのない子どもに言い聞かせるように、ユリーナがため息をついた。

確かに、ユリーナの言うことはもっともだ。いくらノエルがヴィスナーのことを学んでいるとはいえ、未来の皇太子に教えられるほどの知識は持ち合わせてはいない。

けれど、このままではイリヤはますます勉強が嫌いになってしまうだろう。

何か、ユリーナを説得するよい方法がないだろうか。

考えていると、ふと膝の上に座るイリヤと目が合った。

「……獣人の姿になれれば、ノエルと一緒に勉強してもいいの？」

イリヤが、ユリーナへと問う。

「ええ、それは勿論」

ユリーナが、イリヤに微笑んだ。けれど、その言葉にはどうせできやしないだろうと小馬鹿にするような、そんな響きがあった。

「だから、今日はとりあえず部屋に戻って勉強いたしましょう。皇妃様との勉強は、イリヤ様が獣人の姿をとれてから……」

ユリーナの言葉は、そこで止まった。

「イリヤ様……？」

ノエルの膝の上にいるイリヤの身体から、光のようなものが立ち上っているのだ。

このような様子をノエルは見たことがある。

それこそファリドが獣化する時と、まさに同じ姿だからだ。

花の間の人間が、呆然《ぼうぜん》としたままイリヤへと視線を注ぎ続ける。

そして数分後、子虎だったイリヤの姿が、小さな獣人の少年に変わっていた。

「ノエルー！」

頭の上に虎の耳を持つ、銀色の髪の少年が、嬉しそうにノエルへと抱きつく。

柔らかな身体の感触は、虎の時とは違うものの、とても温かい。

大きな水色の瞳は、嬉しそうにノエルの顔を見つめている。

「イリヤが……人型をとってる……」

タチアナがぽつんと呟いた声が、花の間によく響いた。

その声にハッとしたユリーナの表情が、いつも通りの硬質なものへと変わる。

「皇帝陛下へ、至急知らせてまいります」

そのまま扉に向かおうとするユリーナに、慌ててノエルは声をかける。

「あ、あのユリーナさん」

無言で、ユリーナが振り返る。表情の険しさに、一瞬言葉を止めそうになるが、なんとか気持ちを伝えようと口を開く。

「イリヤ様、このままここで一緒に勉強してもいいですか？」

「それは……」

「いいよね？　約束したよね？」

言い淀《よど》むユリーナに対し、強請《ねだ》るようにイリヤが尋ねる。

眉間に皺を寄せたユリーナが、ちらりとフォードルへと視線を送る。

おそらく、教師であるフォードルの口から断って欲しかったのだろう。けれど、フォードルはにこりとイリヤとノエルに微笑み、ノエルの教師へと視線を向けた。

「皇妃様の勉強は、もう少し時間がかかりますかな？」

「あ、いえ……あとは、まとめていただくだけです」

ノエルの教師が、遠慮がちに言う。おそらく、地位や学者としての名がフォードルの方が上なのだろう。

「では、皇妃様にはイリヤ様と一緒に私の授業を受けていただきましょう」

フォードルの言葉に、イリヤとノエルが、顔を見合わせる。

「なっ……！」

てっきりフォードルが止めてくれると思ったのだろう、ユリーナの顔が引きつる。

「よろしいですな、ユリーナ殿」

静かなフォードルの言葉に、ユリーナが悔し気に頷いた。

「本当に？　ノエルと一緒にお勉強できるの？」

「はい、よろしくお願いいたします」

「イリヤ、がんばるね」

「はい、頑張りましょうね」

嬉しそうにぴょこぴょこと自分の膝の上で跳ねるイリヤの髪を、ノエルが優しく撫でる。

それに対し、イリヤは照れたような笑みを浮かべた。

ユリーナは鋭い瞳でイリヤを一瞥すると、憤慨したまま花の間を退出していった。

こっそりとユリーナの去っていく姿を見ようと振り返れば、ちょうどタチアナの姿が目に入った。

タチアナは、どこか複雑そうな表情でイリヤのことを見つめている。

「あの、タチアナ様もよろしければ一緒に……」

ノエルが話しかけると、ハッとしたようにタチアナがノエルへと視線を向ける。

「いいえ、結構です。フォードル先生、私は自分の部屋で勉強します」

「ええ、わかりました。わからないところがあったら、いつでも聞きに来てくださいね」

「はい。それでは、失礼します皇妃様」

それだけ言うと、タチアナはドレスを広げた丁寧なお辞儀をし、そのまま踵《きびす》を返してしまった。

「ノエル……？」

タチアナの姿を見つめ続けるノエルに対し、イリヤが不思議そうに声をかける。

「あ、いえ、なんでもありませんよ」

誤魔化《ごまか》すように笑みを浮かべ、ノエルは隣の椅子へ座るようイリヤを促す。

「お膝の上じゃダメ？」

「勉強の間は、椅子に座りましょう」

ノエルがそう言えば、仕方なくイリヤは隣の席へと移った。

すぐにえらいでしょ、とばかりに視線を向けてきたため、ノエルは優しくイリヤの髪を撫でた。

イリヤの話を聞きながらも、ノエルは先ほどのタチアナの表情がなぜか気になっていた。

幼いながらも皇女としては完璧な振る舞いを見せるタチアナではあったが、ノエルにはその後ろ姿がどこか寂しそうに見えたからだ。

大陸の北端に位置するヴィスナーは、冬になれば国土の半分が雪で覆われてしまう。

首都であるスラヴィアも例外ではなく、春夏の間は気温も高く多くの植物も実るが、収穫期である秋を過ぎれば、少しずつ冬の足音が聞こえてくる。

ノエルがヴィスナーへ来た秋は、まだそれほど気温も低くなかったが、冬の訪れとともに、スラヴィアの街にはちらほらと雪が降り始めた。

数日の間降り続いた雪がようやくやみ、ノエルが裏庭へと出てみると、そこにはすでに真っ白な雪の絨毯《じゅうたん》が敷かれていた。

その光景を見たイリヤは瞳を輝かせ、ノエルの腕から飛び出し、あたりを駆け回る。

「イ、イリヤ様、お気をつけください」

「大丈夫だよー！」

久しぶりの外を興奮したように走り回るイリヤを、ノエルは苦笑しながらも微笑ましく見守った。

あれから、人型をとれるようになったイリヤだが、やはりまだ自由自在とはいかないようで、虎の姿のまま一日過ごすこともあった。

獣人の姿になったイリヤを見たファリドはとても喜び、その日は皇族や貴族だけでなく、宮殿中の人間に祝賀用の食事が振る舞われた。

人型をとれるようになることは皇族の子どもの成長において、一つの節目でもあるようだ。

ただ、イリヤが人型をとった経緯を聞くと、ファリドはなんともいえない複雑な顔をした。

「つまり……ノエルと一緒にいたいから、イリヤは獣人姿になったということか？」

夕食後、イリヤとタチアナが部屋へと戻り、ようやく二人きりになれたこともあるのか、ファリドはすぐにノエルの身体を自身の腕の中へと閉じ込めた。

「いえ、一緒にいたいというより、お一人での勉強がつまらなかったんだと思います」

「俺には、ノエルと一緒にいるための、言い訳にしか聞こえないけどな？」

ファリドの口ぶりが、どこか不満気に聞こえるのは、おそらく気のせいではない。

「あの……フォードル先生からは、イリヤ様が獣人になれた日は一時間ほど一緒に勉強をしてもいいという許可が出たのですが……いいでしょうか？」

言葉を選びながらノエルがそう聞けば、やはりファリドは大きなため息をついた。

「いいもなにも、イリヤとそう約束してしまったんだろう？　まったく……俺だって日中はノエルになかなか会えないというのに」

ぶつぶつと、子どものように零すファリドに、ノエルは苦笑いを浮かべる。

「今まで人間を見たことがないという話だったので、僕の姿が珍しいんだと思います」

「……違う。確かに、それもあるかもしれないが。ああ見えてイリヤは人見知りが激しくて、母であるポリーナにすら懐かなかったし、乳母も手を焼いていたんだ」

ファリドから出たポリーナの言葉に、内心ノエルはドキリとするが、表情には出さぬようにする。

「あんなに誰かに懐くイリヤを初めて見た。まったく……面白くない」

「いえ、イリヤ様にとっては、やっぱりお父上であるファリド様が一番だと思いますよ」

動揺を隠しつつノエルがそう言えば、ファリドが首を傾げた。

「は？」

「え？」

何か、おかしなことを言っただろうかとノエルが瞳を瞬《しばた》かせれば、ファリドが小さく吹き出した。

「ノエル、もしかしてお前、イリヤに懐かれてるお前に俺が嫉妬《しっと》してると思ってるのか……？」

言われて、どうやら自分の思い違いであったことをノエルは理解する。

「も、申し訳ありません」

たまらず、頬を赤らめる。

そんなノエルをファリドは楽しそうに見つめ、そしてその耳元へと自身の唇を近づける。

「違う。嫉妬してたのはノエルじゃなく、イリヤの方にだ」

耳元で甘く囁《ささや》かれ、ノエルの背筋がびくりと震える。

「……イリヤ様は、まだ赤ちゃんみたいなものですよ？」

「勿論、わかっている。それに、もしそういった目でイリヤがノエルを見始めたら、ノエルには二度と会わせないだろうな？」

「え……？」

ノエルを見つめるファリドの水色の瞳が、妖《あや》しく煌《きら》めいた。

軽口であるはずなのに、ファリドの言葉は強い気持ちが感じられたからだ。

「なんてな。まあ、イリヤを可愛がってくれるのは嬉しいが、お前は俺の妃だということを、ちゃんと覚えていてくれ？」

ファリドの大きな手のひらが、ノエルの両頬を包み込む。

「はい、勿論です」

ノエルもそれに応えるように微笑めば、ファリドの唇が、ゆっくりとノエルの唇へと重ねられた。

飽きることなく、裏庭を駆け回るイリヤを見守りながら、ノエルはコートの裾《すそ》を握りしめる。緑色のコート、そして同じ色の帽子はファリドが作ってくれたもので、着ているととても暖かい。

けれど、日が陰ってきているし、気温も下がり始めているのだろう。

そろそろ宮殿の中に入るよう声をかけようとすると、ちょうど宮殿から出てきたタチアナの姿が視界に入った。

「タチアナ様……？」

声をかければ、いつもよりその表情が暗いことに気づく。

「あ……」

どこか縋《すが》るような視線に見つめられ、ノエルは微笑みを浮かべる。

「どうかなさいましたか？」

ノエルが問うと、タチアナはふるふると首を振った。

「いえ、なんでもありません」

「本当に？　何か、気になることがあるんじゃないですか？」

もう一度ノエルが聞けば、タチアナが小さく頷いた。

タチアナの話によれば、雪がやんでいたこともあり、嬉しくて獣化し、先ほどまで宮殿の外を駆け回っていたそうだ。

宮殿の裏庭には、外へ続く抜け道があり、ユリーナには内緒で時折タチアナは外に出ているのだという。

意外とお転婆《てんば》なタチアナの一面を、ノエルは微笑ましく聞いていたのだが、はしゃぎすぎてしまったこともあり、いつも髪につけている髪留めを落としてしまったのだと、そうタチアナが沈んだ声で言った。

「髪留めって……前髪につけている水色のものですか？」

確かに、今日のタチアナの前髪にはなんの飾りもついていない。

「はい……あの髪留め、お母様からもらったものなんです」

そこでノエルは、ようやくタチアナが落ち込んでいる理由がわかった。

「ユリーナさんには？」

ノエルの言葉に、タチアナは大きく首を振る。

「外に出たことが知られたら、叱《しか》られます……」

少し考え、ノエルはもう一度タチアナへと問いかける。

「髪留めを落とした場所に、心当たりはありますか？」

タチアナが、大きく頷いた。

外への抜け道は、裏庭の花壇の中にある、本当に小さなものだった。子どものイリヤやタチアナなら簡単に通ることができるが、小柄なノエルでもいっぱいいっぱいの大きさであるため、成人した獣人ではとても通ることができないだろう。

外へ出ると、ノエルはイリヤを抱きかかえて、あたりを見渡した。

「……うわあ」

思わず、感嘆の声が漏れる。そこは、一面の銀世界だった。

どこまでも続く地平の向こうを見つめていると、目が眩《くら》みそうになる。

改めて、ヴィスナーの大地の広大さを実感した。

「皇妃様？」

隣から、タチアナに気遣うように声をかけられる。

「あ、ごめんなさい。えっと、タチアナ様が遊んでいたのは、どのあたりですか？」

「……こっちです」

そう言うとタチアナは真っすぐに歩いていく。ノエルは、慌ててその後を追った。

子どもであってもさすが獣人というべきか、タチアナの足は速く、ノエルはついていくのがやっとだった。

どれくらい歩いただろうか。タチアナの後を歩き続けただけとはいえ、随分遠くまで来たようだ。

「このあたりです」

タチアナが足を止め、はっきりと口にした。

「え？」

けれど、あたりには髪飾りなど見あたらない。もしかしたら、外はあれから雪が降っていたのだろうか。

「と、とりあえず少し探して……あ、イリヤ様！」

ノエルが立ち止まり、屈《かが》み込んでしまったことから、腕の中のイリヤが勢いよく飛び出していった。

「うわー！　すごーい！　広い！」

宮殿暮らしのイリヤにとっては、生まれて初めて見た外の世界なのだろう。嬉しそうに、雪の中を駆け回っている。

「タチアナ様、ちょっと待っていてくださいね」

ノエルは慌ててイリヤを捕まえようとするが、追いかけっこだとでも思っているのだろう。イリヤは嬉しそうにノエルの傍から離れていく。

さすがにこれ以上宮殿から離れてはまずいと思ったノエルは、懸命にその後を追いかける。

雪道用のブーツを履いているとはいえ、定期的に雪かきが行われている宮殿の庭とは違い、外は想像以上に雪深かった。

懸命に追いかければ、ようやくイリヤとの距離は縮まっていく。

けれど、突然目に入ったその情景にノエルは大きく目を見開く。

「イリヤ様！」

雪に覆われているためわかりづらいが、イリヤが向かっていた先は、おそらく崖《がけ》だった。

「え？　わっ？」

足元がぐらついていることに気づき、イリヤが悲鳴を上げる。

ノエルは腕を思い切りイリヤへと伸ばす。けれど、イリヤがノエルの腕の中へと戻った瞬間だった。

「わっ……！」

ぐらりと、ノエルの足元が不安定になり、立っていたはずの雪が崩れていく。

「わー！」

叫び声を上げるイリヤを抱きしめながら、ノエルは勢いよく目をつぶる。

どさどさと雪が落ちてくるような音を聞きながら、独特の浮遊感を覚える。

どさり、とノエルとイリヤの身体が落ちる。それほどの衝撃がなかったのは、おそらく雪がクッションになってくれたからだろう。

ゆっくりと瞳を開けけば、先ほどまで自分たちがいた場所が見える。

崖というほどの高さはないし、丘陵に近いだろう。

だが、雪に覆われていることもあり、登るのは難しく思えた。

「ノエル……？」

腕の中にいるイリヤが、心細そうにノエルを呼ぶ。

「大丈夫ですよ、イリヤ様……」

そう口にしながらも、ノエルの背筋は寒くなっていく。

宮殿を出てから、どれくらい時間が経っただろう。

おそらく、自分たちがいないことに気づいたバテリシナやユリーナが探してくれるはずだ。ただ、ここは宮殿から随分離れてる上、丘陵の下ということもありおそらく見つけにくいはずだ。しかも。

「雪……」

先ほどまでやんでいた雪が、はらはらと鈍色《にびいろ》の空から落ちてきている。

美しい情景ではあったが、それに浸るほどの余裕はなかった。

どこか、雪が避けられる場所を、とイリヤを抱えたまま立ち上がる。

「ぐっ……」

足に、鈍い痛みが走る。おそらく、先ほど落ちた際に、足を捻《ひね》ってしまったようだ。

この足では、とてもじゃないが丘陵を登れそうにない。

ゆっくりと、周囲を見渡す。雪がひどくなる前に、休める場所を探さなければならない。

すると、ちょうど丘陵の下に、洞穴のようなものを見つけた。

足を引きずりながら歩き、中を覗き込む。生き物の気配は、感じられなかった。

少し奥へと入れば、雪が避けられる上、外よりも暖かかった。

外を見れば、どんどん雪は降り続け、さらに風まで出てきた。

もしかしたら、吹雪になるかもしれない。

「ノエル……？」

不安気に、イリヤがノエルを呼ぶ。

「ごめんなさい、イリヤが……」

幼いながらも、イリヤは利発だ。おそらく、自分の軽率な行動がこういった事態を起こしてしまったことを、子どもながらに察したのだろう。

「大丈夫、お父様が、必ず助けに来てくれます」

安心させるように微笑み、イリヤの身体を腕の中に抱いた。

大丈夫、ファリドはこの地を統べる皇帝だ。必ず、自分たちを見つけてくれる。

今イリヤを守れるのは、自分だけだ。

イリヤを不安にさせないよう、ノエルは不安に思う自身の心を奮い立たせた。

一晩中吹雪は続いたが、朝方になればそれもピタリとやんだ。

座ったまま眠ったこともあり、少し身体は痛んだが弱音をはいてはいられない。

まだ眠っているイリヤをそっと自身の膝の上から下ろし、ゆっくりと立ち上がる。

「うっ……」

足にピリッとした痛みが走る。それでも雪で冷やしていたこともあり、昨日よりは痛みが引いた気がする。

片方の足を引きずりながら歩き、洞穴の外へと出る。

やはり、雪は完全にやんだようで、あたりには静謐《せいひつ》な、真白き空間が広がっていた。

ノエルは自身の首にかかっている笛を、こっそりと取り出す。

ヴィスナーに来た最初の日に、ファリドから贈られたものだ。

何かあればこの笛を吹くように言っていたファリドの言葉を、昨晩思い出したのだ。

この笛が、どれだけの範囲に聞こえるかはわからない。けれど、これだけ静かならば、もしかしたらファリドの耳にも届くかもしれない。

ノエルは息を吸い込み、思い切り笛を吹いた――。

けれど、残念ながら笛の音はノエルの耳に音となって聞こえることはなかった。

もしかして、壊れているのだろうかと不安になる。

けれど、穴の中から聞こえてきた声により、笛が無事に音を出していたことがわかる。

「ノエル……今の音、なに……？」

ぐっすりと眠っていたイリヤが、笛の音で目覚めたようだ。

「ごめんなさい、起こしてしまいましたか？」

「大丈夫……」

言いながら、ぴょこんとジャンプをし、ノエルの腕の中へと入ってくる。

しばらくすると、遠くから、虎の咆哮《ほうこう》のような声が聞こえてきた。

「父上だ！」

イリヤとノエルが顔を見合わせ、満面の笑みを浮かべる。

どうやら、無事にファリドの耳に笛は聞こえたようだ。

「迎えが来るのを、洞穴の中で、待ちましょう」

ノエルはそう言って、イリヤを抱いたまま、もう一度洞穴の中へと入った。そのまま、しばらく二人で話をしていると、イリヤが頭の上にある耳をピクリと動かした。

「ノエル、何か聞こえない？」

「え……？」

ノエルも、すぐに耳を澄ませる。すると確かに、洞穴の奥から物音が聞こえた。

「あ……」

ハッとして奥を見ると、慌てて立ち上がる。

薄暗い洞穴の奥で、二つの目が光った。

すぐに逃げ出そうと踵を返し外へと出るが、獣の動きの方が遙《はる》かに俊敏だった。

「な……！」

洞穴の中から出てきたのは、大きな身体を持つ熊だった。

冬眠をしていたのだろうが、二人の話し声が眠りを妨げてしまったのかもしれない。

「ご、ごめんなさい……あなたを起こすつもりはなくて」

謝罪を口にしてみるものの、熊は一切聞く耳を持たなかった。

感じられるのは、強い怒りだ。

ぐるる、という呻《うめ》き声を出しながら、ノエルとイリヤに鋭い視線をぶつけてくる。

逃げなければ、と思いつつも、後ろを見せてしまえばすぐにその鋭い爪《つめ》で身体を引き裂かれてしまうだろう。

足を引きずりながらも、ゆっくりと後退するが、熊も同様に近づいてくる。

「あ……」

気がつけば、後ろは雪の壁、昨日ノエルとイリヤが落ちた丘陵だった。これ以上は、下がることができない。

光る熊の爪先が大きく振り上げられる。

ノエルは咄嗟に目をつぶり、イリヤを自身の身体で覆うように庇《かば》った。

けれど、いつまで経っても予想するような痛みがやってくることはなかった。

「え……」

目を開けたノエルの瞳に飛び込んできたのは、銀色の大きな虎だった。

庇うように二人の前に立ち、熊に向けて呻き声を上げている。

「ファリド様……!」

熊の方は、おそらくファリドの爪により返り討ちにあったのだろう。よく見れば、腕から血を流している。

この地の支配者がファリドであるということは、熊もわかっているようだ。

すでに戦闘意欲はなくなったようで、腕を庇いながらもひれ伏そうと頭を下げている。

けれど、そんな熊に対し、さらにファリドはその前足を大きく振り上げた。

「ダメです、ファリド様……!」

強い怒りを見せるファリドに恐ろしさを感じつつも、ノエルは必死でその身体に抱きついた。

「……どうして止める?」

穏やかな声色ではあったが、憤りが含まれているのはおそらく気のせいではない。

ファリドの怒りはもっともだ。もう少しファリドの到着が遅ければ、ノエルも、そしてイリヤも命を失っていたかもしれない。

自分の考えの甘さはわかっている。だけど、それでも。

「子どもたちの母親を、殺さないであげてください……！」

洞穴の中から、二匹の子熊がこちらの様子を心配気に見守っている。

おそらく、母熊は子どもたちを守るため、ノエルへと牙《きば》を向けたのだ。

ファリドの動きが、止まった。

母熊は、静かにこちらの様子を見ていたが、許されたことがわかったのだろう。そのまま、洞穴の中へと入っていった。

「ありがとうございます、ファリド様……！」

喜ぶノエルを、虎の姿のファリドは静かに見つめる。

熊が去ったことにより、胸の中で小さくなっていたイリヤもようやく顔を上げた。

「二人とも、どれだけ心配したかわかってるのか？」

「も、申し訳ありませんでした……」

「ごめんなさい」

ノエルとイリヤは、同時にファリドへと頭を下げた。

「とにかく、詳しい話は宮殿に帰ってから聞く。ノエル、俺の背中に乗れるか？」

「あ、はい……ですが、重くないですか？」

「お前一人分の体重くらい、大したことはない」

ファリドにそう言われ、ノエルはその大きな身体へと自身の身体を預ける。ふわりとした毛の感触の心地よさに、緩みそうになる頰を慌てて引き締める。

イリヤも、一緒に乗るつもりだったのだろう。ノエルの後を追おうとすると、それはファリドによって止められた。

「イリヤ、お前はこっちだ」

「え？」

ひょこひょこと、イリヤがファリドの方へ近づけば、首の部分を口で銜《くわ》え、そのまま持ち上げられた。

「わ、やだ、痛いよ父上」

子どもの虎がよく親にされている運び方ではあるが、イリヤはあまり好きではないようだ。とはいえ、本当に痛いわけではなく、運ばれ方に不満があるようだ。

イリヤの言葉を無視し、ノエルが背中に乗ったのを確認すると、勢いよくファリドは走り出した。

「うわああ」

ファリドの逞《たくま》しい足が、大地を蹴《け》り、瞬く間に雪の中を走り去っていく。

あまりの速さに、周りの獣たちの視線が、一斉にファリドへと集まる。

落ちないようにしっかりとファリドの身体へと抱きつくと、毛並みは柔らかく、とても温かかった。

宮殿の入口には、たくさんの獣人たちが待ち構えていた。

ファリドがノエルとイリヤを連れていることを確認すると、みな一様に表情をホッとさせた。

おそらく、宮殿中の獣人が総出で探してくれていたのだろう。

「イリヤ様……！」

集まった獣人の中から、ユリーナがすぐに飛び出してきて、ファリドに首を銜えられたままのイリヤの名を呼ぶ。

ファリドがそっと地面へとイリヤを下ろすと、すぐさまユリーナがその身体を抱き上げた。

「ご無事でよかったです」

そう言いながらも、ノエルへ鋭い視線を向けることは勿論忘れない。

ただ、今日ばかりはノエルにも非はあるため、責められても仕方がないだろう。

申し訳なさから、すぐにファリドの背から降りて謝ろうとするが、それはやんわりとファリドに止められた。

それよりもまず、冷えた身体を温めるべきだと。

その言葉に従い、ノエルはファリドに背負われたまま、宮殿の中へと入ることにした。

ユリーナの隣では、タチアナが今にも泣き出しそうな表情でノエルのことを見ていた。

よかった、どうやらあの後タチアナは無事に宮殿へ帰れたようだ。

密かに気になっていたノエルは、胸を撫で下ろした。


宮殿の中心部にあるプラウダの間は、主に裁判や異端審問が行われる場所だ。

天井には虎の神獣が描かれ、虚偽を話せば、神獣にその身を食われてしまうという言い伝えがあるようだ。

漆黒の絨毯は、罪人たちの血の色を表しているのだという。

そんなプラウダの間の中心に、今ノエルは座らされていた。

本当は立たなければならないのだが、足を怪我《けが》していることから、ファリドによって座ることを許されたのだ。


「……自分がどれだけ軽率な行動をとられたか、おわかりですか？」

仁王立ちのレナートが、厳しい表情でノエルに尋ねる。

基本的に、軍の最高幹部であるレナートには査問権はないのだが、皇妃であるノエルを査問できる獣人は他にいないため、急遽《きゅうきょ》レナートが行うことになったのだ。

ファリドとしては、このような大事にすることはなく、穏便に済ませたかったようだが、宮殿中の人間に知られてしまったこともあり、そういうわけにはいかなくなったのだ。

確かに、ファリドの手前大っぴらに咎《とが》められてはいないが、自分を見る宮殿の獣人たちの厳しい視線とヒソヒソと話される声にはノエルも気づいていた。

簡易にとはいえ、きちんと事情を説明するべきだろう。

プラウダの間の中には、レナートと獣化をといたファリド、そして見届け人である数人の査問官、さらにユリーナがいる。

イリヤは昨日の疲れもあり、眠ってしまっているようだ。

「皇太子であるイリヤ殿下をこのような危険な目にあわせるなど、正気の沙汰《さた》とは思えませんね」

「……申し訳ありません」

レナートに言われ、素直にノエルは謝罪の意を口にした。

「謝って済む問題だとでも？」

その言葉に、ノエルは押し黙る。確かに、ファリドが助けてくれたことにより大事には至らなかったものの、最悪の場合どちらの命も失われる可能性があった。

「短慮であったと、深く悔恨の意を感じております」

「では、何日か牢《ろう》にでも入りますか？　この時期の牢は気温も低いため、か弱い皇妃様に耐えられるかどうかはわかりませんが？」

レナートの言葉に、ノエルはわずかに身体を震わせる。

けれど、それだけのことをしてしまったのだ。

「それが僕に課された罰であるというなら、お受けします」

目の前に立つレナートへ、はっきりとノエルは口にする。

てっきり怖気《おじけ》づくと思ったのだろう。レナートが、わずかに驚いたような顔をした。

「レナート……、俺は事情を聴くだけだと言うから、ノエルを査問することを許可したはずだが？　ノエル、お前は罪を犯したわけじゃない。あれは事故だ。牢に入る必要などない」

ノエルを労《いたわ》り、ファリドが口を挟む。

「だいたい、言いつけを守らずに遠くに走っていったのはイリヤの方だろう。イリヤはずっとノエルが自分のことを守ってくれていたと、そう言っているのだから、こんなふうに査問する必要などない」

「イリヤ様のような年齢の子どもを外に出せばそうなることくらい、普通に考えればわかるはずですが？」

「どうせイリヤが外に出たいとでも強請ったんだろう。ノエルは優しいから、イリヤの我がままを聞いてしまっただけだ」

「優しさと甘さは違います」

ノエルは静かに、目の前で交わされる二人の話を聞いていた。

そう、優しさと甘さは違う。ファリドが自分をとても大切にしてくれていることはわかるが、それに甘えてばかりもいられない。

そこは、しっかりとけじめをつけなければならないところだろう。

「牢には、何日間入るべきでしょうか？」

「……ノエル？」

黙って話を聞いていたノエルが自ら口を開いたことに驚いたのだろう。ファリドもレナートも瞳を大きくしている。

「レナート様の仰る通りです。意図したものではないとはいえ、私はイリヤ様の命を危険にさらしました。罰を受けねば、示しがつかないと思います」

「ノエル、お前何を」

「さすがに、皇妃殿下を鎖に繋ぐわけにはいきませんよ。皇族が幽閉されるための宮殿がありＩます。皇妃様には、そこに十日間謹慎していただきます」

「……承知しました」

「レナート！　俺は許可していない！」

感情的になるファリドが珍しいのか、レナートが一瞬怯む。

「……陛下、ローシュ宮殿は昔と比べ清掃も行き届いておりますし、決して皇妃様にとって不便な環境では」

「黙れ！」

静かに様子を見守っていた査問官が口を挟むと、すぐにファリドに一喝される。

おそらく、ファリドはレナートは勿論、他の獣人の言葉にも聞く耳を持つつもりはないのだろう。

どうするべきか、ノエルが瞳を閉じた時だった。

「父上！」

プラウダの間の扉が大きく開かれ、タチアナが中へと飛び込んできた。

その瞳には溢《あふ》れんばかりの涙が浮かんでいる。

「タチアナ……？」

突然入ってきた娘の尋常ではない様子に、さすがのファリドも戸惑う。

「ユリーナ、タチアナを連れて外へ。タチアナ、話なら後で聞くから」

「違う！……違うんです！」

すぐにでもユリーナによって部屋の外へと連れ出されそうになったタチアナが大きくかぶりを振る。

「皇妃様は……ノエルは悪くないの！　ノエルとイリヤが外に出たのは、私のせいなんです……！」

言いながら、ぽろぽろとタチアナの瞳から涙が零れてくる。

「……どういうことだ？」

ファリドの声色が、わずかに厳しいものになる。

「昨日お前は、イリヤが外に出てみたいと言って、それを聞いたノエルが一緒に外に出てしまい、そのまま宮殿から帰ってこない、探して欲しいと、そう言っていたな？　それは、嘘《うそ》だったのか？」

「はい……」

宮殿へ帰る道すがらファリドに聞いたところ、昨晩からすでにイリヤとノエルの捜索は始まっていたという話だった。

二人がいないという事実を話していてくれたのは、タチアナだったのだ。

「本当は、私がノエルに頼んだんです。外で遊んでいた時に、お母様からもらった髪飾りをなくしてしまったから、一緒に探して欲しいって。だけど、こんなことになるとは思わなかったの。少し離れた場所にノエルを一人にして、ちょっとだけ困らせてやろうって。

だけど、イリヤはどんどん遠くに行ってしまって、ノエルは心配して追いかけていって。私、怖くなって、途中で帰ってきちゃったの……」

嗚咽《おえつ》を零しながら、タチアナが昨日のことを話していく。

レナートも、そして査問官も、みな呆然としたまま聞き続けていた。

「なぜ、そんなことをした？　タチアナは、そんなにノエルを嫌っていたのか？」

一人冷静なままのファリドが、穏やかにタチアナへと問いかける。

ファリドの言葉に、ノエルは胸が摑《つか》まれるような痛みを感じた。

けれど、その言葉をすぐにタチアナは否定する。

「違う……嫌ってなんかない。ノエルは、いつも私のことを気にかけてくれて、優しくて、きれいで……仲良くなりたいってずっと思ってた。だけど、イリヤがいつもノエルのことを独占していて。私だって、ノエルと遊びたいのに……」

「タチアナ様……」

「本当のことをすぐに話せなくて、ごめんなさいノエル。私、勇気がなくて、だけど、宮殿の獣人がみなノエルのことを悪く言うのを聞いて。このままじゃいけないって、そう思って……」

再び、タチアナの瞳から涙が零れ始める。

ノエルは、静かに首を振った。

幼いイリヤと違い、タチアナはしっかりした少女、という目で宮殿の人間はみな見ていた。優秀で、聞き分けもよく、侍女たちの手を煩わせることもない。

けれど、そんなタチアナだってまだ八歳になったばかりの子どもなのだ。

何より、まだ母を失って一年も経っていない。

そんなタチアナの寂しさに気づけなかったことを、ノエルは深く後悔した。

「タチアナ、お前は自分が何をしたか、わかってるのか？」

その場を凍りつかせるほどに冷たい、ファリドの声だった。

「……はい」

瞬間、ファリドの手のひらが宙へと浮く。

……ダメ！

考えるよりも先に、ノエルは身体が動いていた。

パシンという頬を張る音が、プラウダの間に響いた。

「ノエル!?」

打たれたのは、タチアナではなくノエルの頬だった。

子ども相手であるから容赦はされているのだろうが、ジンジンと痺《しび》れるように頬が痛い。

ノエルの腕の中にいるタチアナは、驚きで涙も止まってしまったようだ。

「悪いノエル、痛かっただろう……？」

労るように優しく頬へとファリドが触れる。

「だが、どうしてこんなことを？」

それでも、口調はいつもよりどことなく厳しい。

ファリドとしては、タチアナへの叱責に水を差されたような心境なのだろう。

けれど、ノエルは怯むことなく言葉を発する。

「タチアナ様は、自分の過ちを認め、謝ってくださいました」

「しかし」

「先ほど宮殿で僕たちを出迎えたタチアナ様の顔は、かわいそうなくらい真っ青でした。おそらく、昨日は心配で夜も眠れなかったのだと思います。小さな悪戯《いたずら》が、こんなことになってしまうとは思いもしなかったのでしょう」

ファリドにそう言うと、ノエルは今度はタチアナの方へと視線を移す。

「タチアナ様、本当のことを話してくださって、ありがとうございます。僕も、タチアナ様と仲良くなりたいと思っています。これからは、一緒に遊んでくださいね」

タチアナの瞳が、これ以上ないほど大きく見開いた。

そして、止まっていた涙がポロポロと流れていく。

そんなタチアナの髪を、ノエルは優しく撫でた。

ただ、ファリドの方を見れば、やはり納得できかねる、という表情のままだ。

「タチアナ様は、正直に本当のことを話してくださいました。それなのに、これ以上叱ってしまっては、これからタチアナ様は本当のことが言えなくなってしまいます」

だから、これ以上の叱責はしないでくれと、ノエルは静かに訴えかけた。

「しかし……だからといって、タチアナになんの咎めもないというのは……」

「いいんじゃないですか？　滅多に自分から意見を言わない皇妃殿下がこう言ってるんですから」

ノエルに助け船を出してくれたのは、意外にもレナートだった。

「まあ……確かに……それは、そうだな」

それにより、ようやくファリドも納得してくれた。

レナートは小さくため息をつくと、すでに用は済んだとばかりに退出しようとする。

「あ、あの」

そんなレナートを、立ち上がったノエルは慌てて引き留める。

「……なんですか」

「僕の、謹慎の件は……」

恐る恐る、聞いてみる。

結局ノエルの罰則についてはうやむやになってしまったため、聞かなければならないと思ったからだ。

「この状況で、貴方《あなた》を罰することができる獣人はいないでしょうね」

「え？」

気のせいだろうか。その声は、いつもより少しだけ優しく聞こえた。

「顔、後で冷やした方がいいですよ」

レナートが、何か手触りのよい、布のようなものをノエルへと渡す。

そしてそのまま、振り返ることなくプラウダの間から出ていった。

呆然と布を見つめていると、ノエルの身体は暖かい感触に包まれた。

「レナートの言う通りだ、早く部屋に戻って、頬を冷やした方がいい」

ファリドがノエルを後ろから抱きしめ、耳元で優しく囁く。

「は、はい……」

顔を赤らめて小さく頷けば、後ろのファリドも楽しそうに笑っていた。

だから、ノエルは気づかなかった。

扉から出ていくレナートを、鋭い視線でファリドが見ていたことを。


「ヴィスナー北部における、農業生産力の向上、ですか？」

ノエルが差し出した書類のタイトルを読んだ教師が、首を傾げる。

「はい。あれだけ広大な大地が広がっているのです。確かに、冬の間は雪に覆われてしまいますが、春から秋にかけて何か作れる農産物はないかと思いまして……」

ファリドの代になってから、ヴィスナーの人口は年々増加傾向にある。

ただ、その分心配されるのが食料不足だ。

ここ数年は豊作続きであるとはいえ、過去の歴史の中で、ヴィスナーは幾度も大寒波にみまわれてきた。

虎族は他の草食動物の肉が主食であるとはいえ、植物が育たなければ草食動物の数も減る。不作が続き、餓死する獣人が数百人単位で出た年もあった。

「たとえば、農作物でなくとも、冬に強い家畜の放牧を行うなど、方法はあると思うんです」

「なるほど、確かにそれは興味深いお話ですな」

感心したような教師の言葉に、内心ノエルはホッとする。これならファリドに話しても大丈夫そうだ。

「……ところで、皇妃様」

「はい？」

「そろそろ授業を終わらせないと、私が皇女様方に叱られてしまいそうなのですが」

「え？」

ノエルは、苦笑いを浮かべた教師の視線を辿《たど》り、後ろを振り返る。

「イ、イリヤ様に、タチアナ様!?」

窓の外から、イリヤとタチアナがじっと中の様子を見つめている。

楽しそうに、今か今かとノエルの授業が終わるのを待ち構えているのだ。

「とりあえず、この書類は私が持ち帰りますので、皇妃様はお二人のところへ行ってあげてください」

「はい、ありがとうございます……」

教師に促され、ノエルは手早く身支度を整えた。


「すごい、ノエルが作ったウサギ、とても上手ね！」

「タチアナ様の作った鳥も、とても可愛らしいですよ。まるで、生きているみたいです」

ノエルの言葉に、タチアナが照れたように顔を赤らめた。

年が明け、少しずつ雪の日は減ってきてはいるものの、それでも宮殿の庭のあちこちにはまだ雪が残っている。

晴れた日には、外に出て残った雪を使って遊ぶことがイリヤとタチアナの楽しみのようだ。

子虎姿のイリヤは、二人が作った雪の動物の周りを、楽しそうに駆け回っている。

髪留めの件から、ノエルとタチアナの距離は急速に近くなっていった。

ノエルはそんなつもりはなかったのだが、外に出た原因がタチアナであることをノエルが一切口にしなかったこと、そしてファリドから庇ってくれたことなど、タチアナにも思うところはたくさんあったようだ。

しっかりしているように見えて、意外と寂しがりやなこともわかったため、ノエルも積極的に声をかけるようになったこともある。

そのため、ノエルも予定がない時にはこうして二人と一緒に遊ぶ時間に費やしている。

いつもノエルの周りをうろちょろしている二人の子どもの様子に、ファリドは少し驚いていたものの、今では二人と争うようにノエルと一緒にいようとする。

そんな時はどこからともなくユリーナが現れ、二人を連れていってしまうのだ。

ユリーナのノエルへの対応も、以前より幾分柔らかいものになった。

養育に関しては自分の領分であるため譲るつもりはないようだが、二人が希望すれば、こんなふうにノエルと一緒に遊ぶことも許可してくれる。

いつの間にやらタチアナも獣化しており、追いかけっこをしている二匹を見守りながら、ノエルはベンチへと座る。

春になれば花が咲き乱れるここは美しい庭園になるとファリドが言っていた。広い庭をノエルに案内するのが楽しみだと。子どもたちとは、どんな遊びをしようか。そんなことを思いながら庭を見つめていれば、視界の端に、大きな虎の姿が見えた。

午後の日差しの中、銀色の毛並みが美しい光を放っている。

自然と、笑みが零れた。

「政務はもう、終えられたのですか？」

声をかけると、ゆっくりとノエルの方へと近づいてくる。

そして、ノエルの座るベンチへと乗り上げ、その頬へと顔を近づけてきた。

恐ろしいとはまったく思わなかったが、頬を舐《な》められそうになり、さすがに戸惑う。

「あの、レナート様？」

ノエルが呼ぶと、ぴたりと虎の動きが止まった。さらに、すぐにノエルから距離をとった。どこか慌てたように見えたが、レナートに限ってそれはないだろう。

「……いつから、俺だと気づいたんだ？」

獣化をとくつもりはないのか、まだ生気が発散できていないのか、きまり悪そうにレナートが口を開く。

「最初から。今日は週に一度、レナート様が宮殿へいらっしゃる日ですし」

軍の最高指揮官であるレナートは、基本的には軍の庁舎で仕事を行っているが、週に一度、ファリドへの報告も兼ねて宮殿に顔を出さなければならない。

そういえば、最初の頃ノエルの勉強に顔を出していたのも同じ曜日だった。

「獣人の時ならともかく、獣化した姿は実の母でさえ見分けがつかないほど私と兄上は似ているはずなんだが」

「そうでしょうか？　確かに似てはおりますが、見分けがつかないほどではないと思いますが」

ノエルがそう言えば、信じられないとばかりに青色の瞳が見開く。

確かにそう言われてみれば、瞳の色は一緒でとてもよく似ていた。

「先頃の、タチアナ様の件だが」

「はい」

「非はタチアナ様にあるとお前はわかっていたはずだ。どうして、一切の弁明を行わなかったんだ？」

一瞬、言われている意味がわからず、ノエルは何度か瞬《まばた》きをする。

「弁明といいましても、僕がイリヤ様の命を危険にさらしてしまったのは事実ですから」

「だが！」

「ファリド様に助けられ、宮殿に戻った時、タチアナ様の姿が見えました。真っ青な顔で、こちらを見ていて……自分がしてしまったことの大きさを、わかっているのだと思いました。だから、これ以上彼女を責めるのは酷だと思ったんです。あ、そういえば、あの時はありがとうございました」

ノエルは思い出したように、レナートへと小さく礼をした。

とはいえ、思いあたる節がないのか、レナートは困惑しているようだ。

「レナート様が止めてくださったから、ファリド様も振り上げた拳《こぶし》を収めることができました。もし、ファリド様がタチアナ様に手を上げてしまっていたら、どちらも傷ついてしまったと思いますので……」

言いながら、ノエルはタチアナとイリヤの方を見つめる。

レナートの存在には気づいているようだが、厳しいレナートを怖がってか、近寄ってくる様子はない。

ユリーナを除いて二人に対して厳しく接する人間はなかなかいないため、レナートのような存在も二人にとっては必要だろう。

それでも気にはなるようで、ちらちらとこちらに目をやる二人が微笑ましくて、思わず笑みを零してしまう。

「あ、ごめんなさい」

慌てて、すぐ隣にレナートがいたことを思い出し、視線を戻せば。

「あの、何か……？」

レナートはなぜかノエルの顔をじっと見つめていた。

「いや……」

ノエルの言葉に、レナートは静かにその首を振る。

「今までの非礼を、謝罪する。色々、悪かったな」

「へ……」

それだけ言うと、レナートは踵を返し、ノエルの傍から離れていった。

悠然と歩く後ろ姿を見つめていると、イリヤとタチアナが駆け寄ってくる。

「ノエル！　大丈夫？」

「レナートに、いじめられてない？」

いつの間にか獣人の姿に戻った二人が、ノエルの両側から続けざまに質問する。

愛らしい二人の様子に、ノエルは自然と吹き出してしまった。

「ノエル……？」

心配気に、タチアナが尋ねる。

「大丈夫ですよ、レナート様は厳しい方ですが、優しい方でもありますから」

「えー？」

ノエルがそう言えば、二人はあからさまに不満気な顔をする。

「嘘よ！　すぐに怒るもん！　こーんな怖い顔をして！」

「ねー？」

タチアナが思いきりしかめ面をすれば、イリヤもそれをまねる。

そんな二人の様子が可笑しくて、ノエルは肩を揺らして笑った。

冬から春へ、季節はゆっくりと流れていく。

雪解けとともに、これまで制限されていた諸外国とのやり取りも再開していく。

冬になる前に出したエルマーへの手紙の返事もようやく届いた。

最初に書いてあったのは、少しの恨み言だった。

ノエルがヴィスナーへ嫁いだと聞いて心臓が止まるほど驚いたこと、一言も相談がなかったことが、仕方がないことだとはいえ、寂しかったと書かれていた。

けれど、ノエルがヴィスナーで元気に暮らしていることを知り、安心したとも書かれていた。そして、エルマー自身の近況や、学院の友人たちの話。

とりとめのない話が多かったが、エルマーの変わらない様子は十分に伝わった。

そして姉であるクリームヒルトとジークフリートの結婚が決まったこと、時期が早まった理由が、クリームヒルトの懐妊であったことが、少々きまり悪そうに最後に綴《つづ》られていた。

二人の婚姻が決まったことに、それほどの驚きはなかった。

ただ、クリームヒルトの懐妊がきっかけであったことは、少し意外ではあった。

元々二人は婚約者であったのだから、関係を持つことは不自然ではないものの、それでも結婚するまでは純潔を守るべき、というのがヘルブストの伝統的な価値観だからだ。

けれど、価値観や伝統は時代とともに変化していくものだ。

そういった考えも、少しずつ変わりつつあるのかもしれない。

他国に嫁いでも、出身国を恋しがり、最後までその国に馴染《なじ》めなかった者は歴史上、幾人もいるという。

けれど、ノエルは彼女たちとは違う。

すでにヴィスナーの皇族の一員であるノエルが、考えるべきはヴィスナーの発展と、そこに住む獣人たちの幸せだ。

生国であるヘルブストは治世も安定しており、大きな問題も抱えていない。

ジークフリートのことは、最後の別れ方が別れ方であったため、気がかりではあったが、エルマーの手紙を読む限り、いらぬ心配だったようだ。

エルマーが息災なことを聞き、安心したこと、そして、王太子と妃殿下の誕生に祝いの言葉を添えて、手紙の返事を出した。

ジークフリートの友で、ノエルとは旧知の仲であるハームンドがアウグストの使いによりヴィスナーを訪れたのは、ノエルが手紙を読んでから一月後のことだった。

ハームンドは、宮廷外交が繰り広げられるようになってから長い間ヘルブストと他国の外交交渉を担ってきた家系の生まれだ。

変わり者として有名な叔父《おじ》のアウグストは例外で、これまで官職につくことはなかったが、長い間国交のなかったヴィスナーに関しては、適格な者がなかなか見つからなかった。そのため、長い間ヴィスナーに関する研究を行ってきたアウグストにその白羽の矢が立ったのだ。

学院を卒業した頃のハームンドは、軍に入るか父と同じ外交官としての道を歩むかで迷っていたはずだ。そんなハームンドが外交官となったのは、アウグストの影響も大きいのかもしれない。

けれど、数カ月ぶりに会ったハームンドは、ノエルがヘルブストにいた頃の健勝な様子とは違い、ひどく憔悴《しょうすい》していた。

ハームンドがファリドと謁見する場には同席できなかったが、ハームンドの希望もあり、ノエルと花の間で対面することになった。

てっきりファリドも同伴すると思っていたのだが、ファリドはハームンドとノエルの二人だけの席を設けてくれた。

二人、といっても勿論少し大きな声を出せば駆けつけられる位置にバテリシナと番兵は控えてくれている。

これまで外国の要人がノエルとの謁見を申し出た際には、必ずファリドが同席していたため、意外ではあった。

「アウグストの甥《おい》だと聞いていたし、悪い人間でないことは話せばすぐにわかったからな」

花の間へ向かう前、ノエルの髪を触りながら、笑顔でファリドが言った。

ファリドは鑑識眼、特に人間を見る目にはとても長《た》けている。そのため、ヴィスナーに害なす人間や国に関してはこれまで徹底的にシャットアウトをしてきた。

ノエルと話すことを許可されたハームンドは、ファリドのお眼鏡《めがね》に適《かな》ったということなのだろう。


「お久しぶりです、ハームンド様」

ハームンドの待つ花の間へと足を踏み入れ、丁寧に挨拶をする。

「ノエル……？」

ぽかんと、驚いたようにハームンドがノエルの顔を見つめる。

いつも飄々《ひょうひょう》としていて、余裕のある表情しか見たことがなかったため、ノエルも戸惑う。

「あの……」

「あ、申し訳ありません。一国の皇妃に対して、あまりに不敬でしたね」

「い、いえ。できれば、今まで通りでお願いします……」

いくらハームンドがヘルブストにおける名家の息子であるとはいえ、皇妃であるノエルの身分に比べれば他国の一貴族に過ぎない。

それでも、ノエルとしてはできれば二人きりの時には以前のような気軽な会話を行いたかった。

「そう？　じゃあ遠慮なく……久しぶりだねノエル。髪、伸ばしたんだね」

「あ、はい……」

ヘルブストを出た時には短かった髪は、今では肩につくほどの長さになっている。

赤毛がコンプレックスで、なるべく目立たないようにしていたのだが、陽の色と一緒だとファリドが気に入ってくれたからだ。

柔らかい髪質であるため、手入れをするにも手間がかかるが、毎朝バテリシナがきれいに整えてくれている。

「よく似合ってるよ。それに、とてもきれいになった。ファリド殿に大切にされているんだろうね」

「そんなことは……あ、いえ、はい」

すぐに否定したものの、ファリドに大切にされていることは確かであるため、慌てて言い直すと、ハームンドに小さく笑われた。

「本当に、人の噂《うわさ》なんてあてにならないものだね。話すだけで緊張から冷や汗が出たよ。強面《こわもて》だけど、威厳のある、とても立派な方だ」

「は、はい……」

頷きながらも、ハームンドの言葉に少しの違和感を覚える。

確かに若くして皇帝となったからか、ファリドはそこにいるだけで皇帝としての風格は漂っているが、女性的でこそないものの、容姿は繊細で美しい。

強面に見えるほど、他国の人間であるハームンドからすると恐ろしく見えるのだろうか。

「秘密裏に、いくつか嘆願したいこともあったんだけど、とても言えるような雰囲気じゃなかったよ」

ハームンドが、苦笑いを浮かべる。

話し上手で、交渉に関しても高い評価を得ていたハームンドだが、ファリド相手では経験が足りなかったのだろうか。

「あの、もしよろしければ、僕の口から頼んでみましょうか……？　お役に立てるかどうかはわかりませんが」

ハームンドには学院時代に世話になったし、今回のヴィスナー行きが決まったのも、ハームンドと、そしてアウグストの話がそもそものきっかけだ。

そんなハームンドの手助けができるなら、できるだけのことはしたいと思った。

ノエルに関しては甘いファリドではあるが、それを政に持ち込むことはないだろう。

ヴィスナーの国益を考え、冷静に判断をしてくれるはずだ。

「ノエルなら、そう言ってくれるんじゃないかと思った。だけど、場合によってはノエルの立場を悪くしてしまうかもしれないから、皇帝に言うかどうかは、ノエル自身が決めて欲しい」

「は、はい……」

苦笑いを浮かべたハームンドが、声を潜める。

「まだ決まったわけじゃないんだけど……近く、ヘルブストは戦争になると思う」

「……え？」

ハームンドの言葉の意味を、すぐに理解することはできなかった。

「実は、昨年から国王陛下が病で床に伏していてね。その間、ジークフリートが名代を務めることになったんだけど……一部の貴族に唆されてね。領土拡大を急ぎすぎて、他国の反発を招いてしまった。ようは、外交の失敗だ」

戦争は、外交の延長線上にあるものだ。

両国の利害が一致しなかった場合、場合によっては戦争となることもある。

「どうして……」

ヘルブストは確かに国土自体はそれほど大きくはないが、南方には植民地もあれば、技術力も高く、国民の暮らし向きは豊かだ。

ジークフリート自身、ヘルブストをより発展させたいという野心は確かに持っていた。

とはいえ。

「信じられません……ジークフリート様がそんな目先の利益を優先するような失策をとれるなど……」

植民地獲得競争が始まっているのは確かだが、それだってそれぞれの国が他国の顔色を見ながら慎重に行っていたはずだ。

それなのに、どうしてそうまでしてことを急いだのか。

「きっかけは、君だよ、ノエル」

ノエルの疑問に、ハームンドが淡々と答えた。

「え……？」

「君をヴィスナーへと嫁がせたあの日、ジークフリートの荒れ様は凄《すさ》まじかった。叔父上を国外追放する、なんて言い出すし、試験の採点を行った学院の教師陣は全員職をなくした」

「そんな……」

試験は全て番号で管理されており、誰がどの答案を書いたかはわからないようになっていたはずだ。

「白紙状態で提出した人間がいた時点で、試験のやり直しか、選出方法の変更を申し入れるべきだったというのが、ジークフリートの主張だよ。職務の怠慢だって。まあ……八つ当たりみたいなものだと思うんだけど」

心根の部分は優しいジークフリートのことだ。おそらく、ヴィスナーへと嫁いだノエルを憂慮したのだろう。

「陛下に何度も、此度《こたび》の婚姻を解消させるよう直談判《じかだんぱん》していたよ。国同士の約束を反故《ほご》にした日には、ヘルブストは国家としての信頼を失う。何より、赤っ恥をかかされたヴィスナーからどんな報復がくるか。それを恐れた陛下には、とても応じることはできなかったけどね」

国王が、ただ一人残った嫡子のジークフリートを目に入れても痛くないほどに可愛がっていたことは知っている。

けれど、そんな愛息子《まなむすこ》の訴えでさえ、聞きいれられないことはある。

「ヘルブストの国力をより高めることにより、ヴィスナーとの交渉をより有利な方向に持っていく、そして、君と皇帝を離縁させる。ジークフリートの中では、そんな戦略になっていたんだろうね」

「ジークフリート様はお優しいから、僕のことを心配してくださったのだと思います。だけど、僕自身はヴィスナーに嫁いだことを後悔しておりませんし、今はとても幸せです。どうか、そのことをジークフリート様に伝えてもらえないでしょうか？」

今更、遅いかもしれない。けれど、すぐにでもジークフリートには周辺諸国との関係改善を目指して欲しかった。

「違うよ、ノエル。そういうことじゃない。ジークフリートは、君をヴィスナーから、ファリド皇帝のもとから取り戻したかったんだ。あいつは、ジークフリートは幼い頃からずっと君のことを想っていたから……」

ジークフリートの言葉に、ノエルがその大きな瞳を瞠《みは》る。

「……え？」

ハームンドの言葉を、ノエルはすぐには理解することができなかった。

「ジークフリート様が想っていらっしゃるのは、クリームヒルト様では」

「ノエルの目にはそう見えてたんだ。いや、ノエルだけじゃないか。みんな、そう思うよね」

ノエルの記憶に残っているのは、常にクリームヒルトを気遣い、寄り添っているジークフリートの姿だ。

　眼差しは優しく、愛おし気だった。

「じゃあ聞くけど、ノエルの中でのジークフリートの印象ってどんな感じ？　周りの皆が言うように、誰にも優しく平等で、聖人君主のような存在だった？」

「それは……」

「違うだろ？　少なくとも俺の知ってるあいつは、我がままで勝手で、気分屋で……幼い頃に学友として選ばれた時は、とても好きになれなかった。むしろ、なんでこんなやつの、って思ったくらい。だけど、意外と可愛いところもあってさ。たとえば、素直になれなくて好きな子に意地悪しちゃったり、とかね。夏の療養から帰ってくると、毎回のようにその子のことを聞かされたよ。だけどそういう時のジークフリート、すごくいい顔をしてたんだよね」

　幼い頃、一緒に遊んだジークフリートの姿を思い出す。楽しかった思い出がほとんどであるが、確かに意地悪も時折されたような気がする。

「ですが……ジークフリート様は、僕を婚約者に選んだのは王妃様の最後の言葉だったからだと」

「そんなの、体のいい言い訳だよ。ただ、クリームヒルトの顔を立てるためには、ある程度仕方なかったんだとは思う。後ろ盾のない、男の君を王太子妃にするには、クリームヒルトを王太子夫人にしなければとても認めてもらえなかっただろうからね」

確かに、ノエルの実家はそれなりに名の通った貴族ではあるが、王太子妃に選ばれるには財力や政治的力があまりに心もとない。しかも、ノエル自身は男で世継ぎを残すこともできない。

「クリームヒルトの実家にとっても渡りに船だったんだと思うよ。クリームヒルトは、元々エーベルヘルト様の婚約者だったわけだし」

エーベルヘルトは、若くして逝去したジークフリートの一つ年上の兄だ。

「え……？　そうだったんですか？」

「エーベルヘルト様は、幼いながらに優秀で、人柄も素晴らしくてね……外見はよく似ていたけど、ジークフリートとは正反対だったな。クリームヒルトも、そんなエーベルヘルト様のことを心から愛していた。それこそ、エーベルヘルト様が亡くなった時には、誰とも結婚したくない、修道院に入ると涙ながらに訴えたくらいだからね」

「そんなことが……」

優しく、常に笑みをたやすことのない美しい人。クリームヒルトに、そんな過去があることをノエルは初めて知った。

「ジークフリートも、クリームヒルトのことは昔から妹のように可愛がっていたし、クリームヒルトの父親からも思いとどまらせて欲しいと頼まれてね。その場で、自分が兄の代わりになるからと、泣きじゃくるクリームヒルトを説得したって話だよ」

「そう、だったんですか……」

何もかも、ノエルは初めて聞く話だった。改めて自分は、何も知らされていなかったことを知る。

「ですが、それならやはり、お二人にとって僕は厄介者でしかなかったんじゃ……」

「違うよ、そうじゃない」

ノエルの言葉は、即座にハームンドによって否定された。

「確かにジークフリートはクリームヒルトを可愛がってたし、大切な存在だとは思うよ。エーベルヘルト様が亡くなってから、エーベルヘルト様を見習うような振る舞いが増えたのは、周囲の期待があったのは勿論だけど、クリームヒルトのためでもあったんだと思う。だけど、それは本来のジークフリートの姿じゃない。自分自身を偽らずにいられたのは、ありのままでいられるのは君と一緒にいる時だけだった。あいつの気持ちは子ども時代から変わらない。ジークフリートが本当に好きだったのは、君だよ、ノエル」

そんなことはない、と否定したい気持ちもあるが、別れの瞬間、自身に向けられたジークフリートの表情を思い出す。

夏が終わり、王都へ帰る瞬間、いつも泣きそうな顔をしていたあの頃のジークフリートと同じものだったからだ。だが……。

「そうはいっても、ジークフリートがとっていたノエルへの態度は最低なものだったし、信じられない気持ちもわかるよ。ノエルだって、今更こんなことを知ったって困るだけだろうし。ただ、国際情勢はほんのわずかなさじ加減で変わるものだ。皇帝に何かしらの援助をしてもらえないか、ノエルから頼んでもらえないだろうか」

黙って考えごとをしていたノエルは、ハームンドの言葉にハッとする。

「ヴィスナーへの物資や増援は、ジークフリート様からの要請ですか？」

「いや。ファリド帝は、ジークフリートにとっては恋敵だ。意地でもあいつは頼まないよ。……病床の国王陛下から秘密裏に頼まれたんだ。藁《わら》にも縋る思いでのことだけど、陛下もダメで元々だとは思ってるよ」

先ほどは簡単にファリドに提案してみるとはいったものの、ノエルの想像以上に状況は深刻だった。

安易に期待させるような言葉を告げるわけにもいかず、ノエルは押し黙るしかなかった。

「君の元気な姿を見ることができてよかったよ」

そう言うとハームンドは席を立ち、花の間から退出していった。

「あ……」

見送ろうという気持ちはあるものの、ノエルはすぐに動き出すことができなかった。

目の前のテーブルには、大きな地図が置かれている。

ノエル自身が、様々な情報をもとに作成したものだ。

ヴィスナーを中心に、隣国のヘルブスト。その周りにあるたくさんの国々。

大陸の中、人間が治める国で一番大きなシルメリオ。

そして、シルメリオから海を挟んだ先にある大国、ヴァリアント。

種族も、言語も、政治形態も違う国々は、それぞれに何かしらの問題を抱えている。

特に文明の発達により、大型帆船による大陸間の移動が可能となったことが、その問題に輪をかけている。

これまで見えてこなかった周りの国々の様子がわかり、自国との比較が可能となったからだ。

各国が血道を上げている、植民地獲得競争もその一つだ。

ガレオン船は物流を大きく変え、人々の生活を豊かにする一方で、戦争の火種を作る可能性もある。

ノエルは指を伸ばし、そっとスラヴィアの場所へと触れる。

「すごいなこれは、ノエルが全部描いたのか？」

「わっ……！　ファリド様!?」

集中していたため気がつかなかったが、いつの間にか隣にはファリドが立っていた。

感心したように、ノエルの描いた地図を見ている。

「レナートが見たら喜びそうだ。ここまで正確に各国の位置関係や地形の様子が描かれた地図を、初めて見たな」

「元々、地図が好きで……ヴィスナーとヘルブスト以外の国の地形は実際に目で見たわけではないので、あくまで参考程度なのですが」

「なるほど、いや、それにしたって……」

まじまじと、ファリドが地図を眺める。恥ずかしい気持ちはあるが、人目に触れることはないと思っていたので、嬉しい気持ちもあった。

「こう見ると、スラヴィアは自然の要塞《ようさい》となっているのですね。高い山々や海に守られ、外敵にこれまで一度も攻め入られたことがないのもよくわかります」

「そうだ。長い歴史の中では、国によっては獣人が人間の支配下におかれたこともあった。だけど、俺たち虎族は人間に膝をついたことは一度もない。勿論この先も。人間だけではない、俺たちは誰にも支配されないし、支配するつもりもない」

「はい……」

長い間、ヴィスナーが他国と国交を持たなかったのは、自国のみでの発展と、防衛が可能だったからだ。

かといって孤立していたわけではなく、定期的に他国から情報は得ていたようで、科学文明に関して遅れをとることもなかった。

ここ数年の急速な発展状況を鑑《かんが》みれば、海の向こうの大国、ヴァリアントと比べても遜《そん》色《しょく》がないかもしれない。

「それで？　こんなに大層な地図を描いて、難しい顔をして何を考えていたんだ？」

「……え？」

「自分では気づいていないのか？　今日だけではなく、最近のお前はどこか上の空だからな。ぼうっとしていることが多いと、タチアナも心配していた」

「タチアナ様が……」

元々タチアナが年齢の割に聡《さと》いとはいえ、そこまで自分の態度はわかりやすかったのだろうか。

「何か、俺に話したいことがあるんじゃないのか？」

優しくファリドに問われ、ノエルは少し逡巡し、けれど小さく首を振った。

「……とりあえず、寝台の方に行こう」

ファリドはため息をつくと、そのままノエルの手を引いていく。

「ノエルにとっての俺は、そんなに頼りないか？」

ファリドの大きな手のひらが、ノエルの頬を優しく包む。

空色の瞳は、真っすぐにノエルを見つめ、それは何かを見透かされているようで、ひどく落ち着かない。

かといって、視線を逸らすことも許されない雰囲気だった。

「いえ……そんなことは……」

柔らかく、否定する。ファリドが頼りなければ、この世界に頼りがいのある者などいないだろう。

物腰こそ柔らかいが、常に冷静沈着で私情に流されることはない、ファリドほど優れた国家君主はなかなかいない。

「そうか？　お前はいつも控えめで、要求をすることが滅多にない。もう少し、我がままを言ってくれてもいいと思うんだが」

「そんな……とんでもないです」

慌てて、首を振る。これだけよくしてもらっているのだ、これ以上を要求するなどとてもノエルにはできない。

「勿論、お前の思慮深さや謙虚さはとても愛おしく思う。だが、ノエルの願いはできる限り叶《かな》えたい。おそらく、お前の頼みで俺が叶えられないことなんてほとんどないはずだ。

どんなに希少な宝石も、果実も、お前が望むならなんでも手に入れてやろう。そうだな……場合によっては、一つの国だって、手に入れてやることだってできるだろうな」

ファリドの言葉に、ハッとする。

やはりファリドは、今のヘルブストの状況も、全てわかっているのだ。

自身を鼓舞し、なんとかノエルは口を開きかけるが、けれどやはり言葉が空気に触れることはなかった。

ファリドが、落胆したようにため息をつき、自然とノエルは俯《うつむ》いてしまう。

「話せないのは、お前の中に後ろめたい気持ちがあるからか？」

「……え？」

「まだヘルブストの王太子への気持ちが残っているから、生国が危機的状況にあっても、俺に助けを頼めないんじゃないのか？」

口調こそ穏やかではあるが、ファリドの声は硬質で、その瞳には静かながらも怒りが込められていた。

心なしか、頭の上にある耳もピンと立ち上がっている。

そういえば、ノエルがジークフリートの婚約者であったことをファリドは知っていたのだった。

ノエルは、慌てて大きく首を振る。

「それは、違います！　確かに、ジークフリート様は幼い頃から知っていることもあり、親愛の念こそありますが、それは家族の情と似た形のものです。僕はファリド様の伴侶《はんりょ》です。僕が愛しているのは、僕の心の中にいるのはファリド様だけですし、その気持ちには一点の曇りもありません！」

これ以上ないほど、ファリドは自分のことを大切にしていてくれる。

最初は、そんなファリドへの感謝や敬愛の念が強かったが、今のノエルの心の根底にあるのは、ファリドを恋い慕い、愛する気持ちだ。

無力で何もできない自分ではあるが、それだけはファリドに信じて欲しかった。

珍しくはっきりと物を言ったノエルが意外だったのか、ファリドがその目を瞠っている。

ふつふつと羞恥心《しゅうち》を思い出し、顔を赤らめたノエルは慌てて俯いた。

「す、すみません、突然大きな声を出してしまって……」

「まさか、すごく嬉しいぞ」

にっこりと、とても嬉しそうにファリドが笑む。

「本当にお前は……これ以上俺を夢中にさせてどうするつもりだ？」

言いながら、ノエルの額へと触れるだけのキスを落とす。

頬を赤くしたまま、ノエルが微笑めば、くるりと身体を反転させられ、後ろから抱きしめられる。たちまち、ファリドの広い胸の中に閉じ込められた。

優しい香りと体温に包まれ、ノエルは自身の気持ちが穏やかになるのを感じた。

「それで？　だったらどうしてお前は何も話さないんだ？」

すぐ後ろにいるファリドに優しく問われ、ノエルはようやくその口を開いた。

「ファリド様の仰るように、現在のヘルブストは危機的状況にあります。助けたい気持ちもあります。けれど……今回ヘルブストがシルメリオを刺激してしまったのは、行きすぎた植民地政策が原因です。いうなれば、ヘルブストが自分で蒔《ま》いた種です。そのための犠牲を、ヴィスナーやヴィスナー国民に払わせるわけにはいきません」

人的援助にせよ、物質的な支援にせよ、それを行えば、ヴィスナーもそれなりの代償を払わなければならない。

「それに、ヴィスナーとシルメリオの二国間関係は現在安定しています。ヴィスナーがヘルブストを援助することで、その関係が崩れるようなことがあれば、いらぬ軋轢《あつれき》を作ってしまう可能性もあります」

「……ノエルが、ヴィスナーのことを一番に考えてくれていることは、嬉しく思う。それにしても、ここまで現在の情勢を読み取れているとはな。一度軍議に加わってみるか？」

「無理です……」

あくまで、ファリドが相手だからここまで自分の意見が言えるのだ。

強面の軍人たちに囲まれた日には、言葉を発するどころか、息をすることすらできなくなってしまうかもしれない。

そんなノエルの気持ちは勿論わかっているのだろう、耳元で、ファリドがくすくすと笑った。

「だがノエル、ヴィスナー兵の屈強さは大陸に住む誰もが知ってるだろうし、派兵し、ヘルブストに恩を売れば今後の外交交渉も有利に行うことができる。それに、ノエルを妃にした時から、ヘルブストに有事があれば援助を行うことは決めていたんだ、気にする必要はない」

まるで、恋人同士の語らいのように、ノエルを抱きしめながらファリドが言う。

確かに、ヴィスナーが後ろにつけば、ヘルブストにとってどれほど心強いか、想像に難くない。

元々、獣人は好戦的で、戦上手だ。ヴァリアントなど、その地に住んでいた人間をも支配し、現在の大国を築いたのだ。

しかし、ファリドの言葉を頼もしく思いながらも、それがヴィスナーと、そしてヘルブストのためになるのかという疑念は晴れない。

ノエルは小さく呼吸し、自身を奮い立たせる。振り返り、ファリドを見つめる。

「それでは、あの、僕に提案があるのですが」

「なに？」

「あの……」

ノエルの言葉に、ファリドが驚き、形のいい眉を上げるのを、ノエルは静かに見つめた。

宮殿で一番広い雪の間は、今は亡き前皇帝であるファリドの父親が他国の建築家を招き、造らせたものだ。

国を閉ざし続けた結果、諸外国に比べて文化的な遅れをとった側面を改善しようと、この時期幾人かの外国人がヴィスナーに招かれた。

名のある建築家が造っただけのことはあり、壁には白雪を思わせるような繊細な意匠が施され、高い天井にはヴィスナーの神話が描かれている。そして大きなシャンデリアがそれらを彩り、いくつも煌めいている。

この豪華絢爛《けんらん》な間を見れば、現在のヴィスナーの国力がどれほどまでに強いか、すぐに理解することができるだろう。

もっとも、夜会や国賓を歓迎するために作られたものの、ファリドの代になってから使われたことは一度もなかった。

そんな雪の間では、現在ヴィスナーの皇族や貴族、さらにヘルブストの要人を招いた祝賀会が行われている。

つい先ほど調印された、両国間の同盟関係を祝ってのものだ。

中心で仲睦《なかむつ》まじげに談笑しているのは、ファリドとジークフリート。

滅多に表情を変えることがないジークフリートの顔色にも、さすがに緊張が見える。

余裕のある笑みを浮かべているファリドとは対照的ではあった。

けれど、それが現在の二国間の関係、さらにファリドとジークフリートの力の差を表しているのかもしれない。

「どうなることやらと思ったが、兄上の機嫌がよさそうでよかったな」

先ほどまで、ファリドと一緒にいたレナートが、気がつけばノエルの隣に来ていた。

目立たぬよう、壁の花となっていたつもりだったため、意外ではあった。

「ファリド様、機嫌がいいですか？」

ノエルには、いつも通りのファリドにしか見えなかった。

「お前は知らないだろうが、朝の兄上の機嫌の悪さはひどいもので、周囲の側近たちも話しかけられないほどだったんだからな」

「……そうなんですか？　部屋にいらっしゃる時には、特にいつもと変わらない様子でしたが」

「お前に対しては、そうだろうな。解消されたとはいえ、ジークフリート殿下はお前の元婚約者だ。兄上としては、面白くないだろう。まあ……そんな兄上が納得せざるを得ないほど、今回の同盟理由は理に適ったものではあったが」

レナートの口角が上がる。どうやら、今回の話は全てレナートの耳に筒抜けのようだ。

ノエルがファリドに提案したのは、ヘルブストが戦争状態になった時の物資や援軍の派遣ではなく、それ以前の段階、両国間の同盟締結だった。

元々、軍事力のあったヴィスナーが、ここ数年で技術を取り入れ、さらに諸外国と始めた貿易により国庫が潤っていることは周囲の目にも明らかだ。

そんなヴィスナーを敵に回したい国は、どこにもないだろう。

ヘルブストがヴィスナーの同盟国になれば、ヘルブストとの間に紛争を起こした場合、ヴィスナーを相手にすることにもなる。

シルメリオもヴィスナーを相手に戦うことは望まないであろうし、ヘルブストへの侵攻も思いとどまるだろう。

ただ、それだけではヘルブストには利益があってもヴィスナーにはなんの利益もない、片務的な同盟関係になってしまう。

絶対王政下にあるヴィスナーにおいては、ファリドの声は神にも等しい。

ファリドが白といえば黒いものも白となるのだから、ファリドがヘルブストとの同盟関係を望めば異を唱える者はいないだろう。

だが、歪《いびつ》な同盟関係は、すぐに綻《ほころ》びが出てくるだろう。場合によっては両国の間に火種を生じさせることになるかもしれない。

だから、今回の同盟のヴィスナー側の利益を、ノエルはファリドに説明する必要があった。

「まさか、シルメリオのバックにヴァリアントがいたとはな」

今回のヘルブストとシルメリオ間に起こった対立の黒幕は、おそらくヴァリアントだと、そうファリドに説明したのはノエルだ。

「シルメリオは大国ではありますが、近年は植民地を増やしすぎて国庫は窮乏しているはずなんです。ヘルブストのやり方が気に入らなかったとはいえ、そんなシルメリオが率先して対外戦争に参加するはずがありません。おそらく、好戦的で有名なリチャード王に唆されたのでしょう」

大陸の端にあるシルメリオとヴァリアントの間には、サラマン海が横たわっている。

けれど、遠洋航海が可能となった現在、そんなものは些細《ささい》な距離に過ぎない。

遠い大陸国家だと思っていたヴァリアントの脅威は、すぐ近くまで来ているのだ。

ノエルが描いた世界地図は、そんな現在の世界情勢をまざまざと表していた。

そしてその後、ファリドの調査により、ヴァリアントとシルメリオの間に秘密同盟が結ばれていたことがわかった。

シルメリオの対外戦争における武器や物資の援助を約束すると同時に、戦勝によって得た利益の半分はヴァリアントが手にするというものだ。

つまり、ヘルブストがシルメリオとの戦争に負けた日には、ヘルブスト内にヴァリアント領の飛び地ができるということだ。

これは、ヴィスナーにとって脅威以外の何物でもないだろう。

「さすが、獅子《しし》王リチャード。征服王の名をほしいままにしているな」

ヴァリアントは獣人の国で、支配しているのは獅子族だ。

同じ獣人であるとはいえ、虎族と獅子族には相いれないものがある。

太古の昔、どちらも動物であった時代から、双方とも地上の王は自分であるという自負があったこともあり、両国間に国交が結ばれたことは一度もない。

特に即位したばかりのリチャードは、王太子時代から好戦的で有名だ。

つまり今回の同盟は、ヘルブストとヴィスナー両国に、ヴァリアントという共通の敵がいたからこそ成り立ったものだ。

「また、兄上の言い方もなかなかよかったぞ」

「え?」

「ヴァリアントという脅威に対抗するため、そのためならば、異なる種族であるヴィスナーとヘルブストも、同じ船に乗ることができる……妙に詩的な言い方だと思ったが、考えたのはお前か？」

レナートの指摘に、ノエルは恥ずかしそうに頷く。

ファリドに同盟の意義を説明するために使った言葉だが、まさか会議の場で使われるとは思わなかった。

「まったく、お前への認識は変えなければならないな。てっきり、兄上の後ろに隠れて何もできないか弱い小動物だと思っていたのに」

「……似たようなものですよ」

実際、提案したのはノエルであるがそれを理解し、貴族や軍部を説得したのはファリドだ。

「ただ……よかったのか？」

「何がですか？」

「わかっているんだろう？　ヘルブストがヴィスナー側についたということは、ヴィスナーとヴァリアントとの争いに否が応にも巻き込まれることになるだろう。その覚悟が、あの年若い王子にあるのか？」

ヘルブストにヴィスナーがついたことがわかれば、シルメリオも、そしてヴァリアントも退かざるを得ないだろう。

陸続きのヴィスナーと海を隔てているヴァリアントでは、支援にかかるコストを考えても圧倒的な差がある。

勝算の少ない戦をするほど、リチャード王も愚かではない。

だが、この状況がいつまで続くかはわからない。

「そうですね、場合によっては、両国の代理戦争に利用されてしまう可能性もあると思います」

ファリドに、他国を侵略する意思はないが、決して穏健派でもない。ヴィスナーを害しようとする外敵に関しては、容赦なくその研ぎ澄まされた牙をむくだろう。

ヴィスナーを守るためならば、ヘルブストを利用することも厭《いと》わないはずだ。

「それがわかっていながら」

「地政学的に見れば、致し方のないことだと思います。この同盟を、単なる天の助けだと安易に考えているなら、ヘルブストの未来は暗いものになるでしょう。けれど、国家君主には、国と国民を守る義務があります。ジークフリート殿下なら、ヴィスナーの傀儡《かいらい》にならずに主権を維持できるはずだと、僕はそう信じています」

淡々としたノエルの言葉に、レナートはため息をつき、額へと手をやった。

「まったく……虫も殺せぬような顔をして、随分と豪胆なことを言う。兄上は、そこまでわかってお前を妃として迎えたのか？」

「さあ……それは……私にはわかりかねます」

途端に、小さくなったノエルの声に、レナートが愉快そうに笑う。

「なんだ、対外情勢を論じるほど肝が据わっているというのに、その辺は自信がないのか？」

「ファリド様には、これ以上ないほど、大切にしていただいています。ただ、どうしてここまでしていただけるのか、わからないんです」

「そんなの」

「レナート様、陛下がお呼びです」

言いかけたレナートの言葉は、付近に控えていたレナートの従者によって遮られた。

渋々といった表情でノエルのもとを離れていくレナートを、笑顔で見送った。

ファリドへと視線を向けると、アウグストと、そしてレナートを交えた歓談が行われている。

いつの間にやら、ジークフリートとは話が終わったようだ。

ゆっくりと雪の間を見渡せば、みな上機嫌に祝賀会を楽しんでいる。

事前にファリドが話してくれているからだろう。ノエルは挨拶こそされるものの、込み入った話をしてくる者はいない。

カクテルを手に取り、そのまま再び壁際へ向かおうとすれば、後ろから軽く肩を叩《たた》かれた。

「ノエル」

「ハームンド様？」

驚くノエルに、ハームンドは口元に人差指をあてる。確かに、皇妃であるノエルがハームンドを敬称で呼ぶのはまずい。慌てて口を閉ざすと、ハームンドが声を落として言った。

「奥のバルコニーへ、ジークフリートが風にあたりに行ってる。話をしてやってくれる？」

おそらく、ジークフリートと二人きりで話すのは、これが最後の機会になるだろう。

頷いたノエルはカクテルをハームンドに渡し、こっそりとバルコニーへと急いだ。

扉の先には、賑《にぎ》やかな雪の間からは遮断され、静かな夜が広がっていた。春先ということもあり、まだ少し外は肌寒いが、酔いを醒《さ》ますには心地よい涼しさだった。

雪の間にはいくつかのバルコニーがあるが、アーチ形の柱の傍にいたのはジークフリートだけだった。

ゆっくりとノエルが近づくと、気配を察したのか、ジークフリートが振り返る。

切れ長の瞳が見開かれ、すぐに眉間に縦皺が寄った。

「無様な俺を見て、笑いに来たのか」

暗い声色は、ノエルが聞いたことのないものだった。

「外交に失敗し、獣に助けられ、周辺国のいい笑いものだ」

酔っているのか、顔も赤ければ、手にはワイングラスも握られている。

ノエルは無言で近づき、ジークフリートの手にあるワイングラスを強引に奪い取った。

「なっ」

「仰りたいことは、それだけですか？」

真っ正面に立ったノエルは、上背のあるジークフリートを無言で見据える。

ジークフリートの目が、気まずげに泳いだ。

「幼い頃から、貴方のことを尊敬していました。子ども時代の貴方には、時折意地悪もされましたが、それでも最後は必ず謝ってくれた。やんちゃで、決して品行方正ではありませんでしたが、心根はとても優しく、獣人への差別意識だってありませんでした。貴方ならわかっているはずです、姿が少し違うだけで、獣人が人間に劣っている部分などまったくないことを」

ノエルの育った街は国境沿いにあったため、ごく稀《まれ》に虎族の獣人との間にできた子どもも住んでいた。

獣人への差別は法律で禁じられているとはいえ、昔の名残からか、合いの子だと陰で侮《ぶ》蔑《べっ》を込めて呼ぶ人間もいた。

当時ノエルが仲良くしていた少年も、虎族の血を引いていたため、外見こそ人間と変わらないが、その牙は動物のように尖《とが》っていた。

それを、他の子どもたちが馬鹿にするのを何度も見てきたが、ノエルには意気地がなく、その子を庇うのに精いっぱいで、言い返すことはできなかった。

けれど、ジークフリートは違った。リーダー格だった貴族の少年に、鼻で笑って言ったのだ。

「獣人を馬鹿にするお前は、人間であることが唯一の自慢なんだろうな？　かわいそうだな、そんなことしか誇れるものがないなんて」

少年は顔を真っ赤にしてその場を去っていき、それ以降獣人を悪く言う者はいなくなった。

ジークフリートにとってはとうに忘れしまったことかもしれないが、勇気のある友の存在をノエルは誇りに思った。

「今回の同盟は、ヘルブストのみに利があるものでないことは、わからない貴方ではないと思います。条項には、どちらかの国が侵攻を受ければ、援軍を出すという内容にはなっていますが、自ら戦争を始めた場合はその範囲ではありません。何より、自国を守ることすら他国に依存するような国を守ってくれる同盟国など存在しません。それを、忘れないでください」

「今回の同盟の発案者は、お前なのか？」

ジークフリートの問いには、ノエルは答えなかった。

「ハームンド様から、もうすぐお子が産まれると聞いております。貴方には守るべきものがたくさんあるはずです。どうか、ご自身の立場をもう一度お考えになってください」

我ながら、手厳しい言い方であるとノエルは思う。

けれど、これはノエルにしか言えない言葉でもあるはずだ。

「……随分、はっきりものを言うようになったな。いや、昔からお前は賢く、優しかった。そんなお前自身と向き合うことから逃げていたのは俺なんだな」

黙ってノエルの話を聞いていたジークフリートが、呟くように言った。

「だから、お前が本来持つ美しさに気づくことができなかった……」

ジークフリートの声は震え、その瞳からは涙が零れていた。

ノエルはそっとしておこうと、その場を離れようとする。が、その前に伸びてきたジークフリートの手により阻まれた。

どうやら、ここにいろということらしい。

仕方なく、ノエルはジークフリートの傍にいることにした。

ようやく落ち着いたのか、ジークフリートがノエルの方へと視線を向ける。

「……お前の方は、大丈夫なのか？」

「え？」

「ファリド帝だ。まあ、お前の様子を見る限り、大切にされてはいるようだが……」

その言葉から、ジークフリートの言わんとしていることを、ようやく理解する。

「はい。とても、大切にしていただいております」

はっきりとそう口にすれば、ジークフリートの眉間に皺が寄る。

「獣人は、たった一人の伴侶を生涯愛すると聞いたことがある。ファリド帝は、今でも亡き皇妃を愛しているんじゃないのか？」

「はい、そうだと思います」

「……辛《つら》くはないのか？」

「平気です。勿論、辛くない、と言えば嘘にはなります……あの方の心には、ずっとポリーナ様がいるのだと思います。だけど、ファリド様は僕をとても大切にしてくれます。たとえファリド様の一番にはなれなくても、それだけで十分に幸せです。そもそも、死んだ方には一生敵《かな》いませんから」

「ふん……あんな生真面目《きまじめ》な顔をして、意外と気が多いんだな、この国の皇帝は」

どこか拗ねたように呟くと、ジークフリートが軽く息を吐いた。

「生真面目、ですか？」

真面目でないというつもりはないが、ファリドはどちらかといえば遊び心のある楽しい性格だ。顔立ちからも、生真面目な印象は一切受けない。

「ああ、聞いていたような醜悪な顔ではなかったが、別に取り立てて美形でもなんでもなかったな。美女と野獣とまではいかないが、お前の方がよっぽど……いや、なんでもない」

途中で言葉を止めたジークフリートが、ため息とともに首を振った。

「まあいい。そろそろ、戻った方がいいんじゃないか？」

確かに、バルコニーに出てから随分時間が経ってしまった。

もしかしたら、バテリシナあたりが探しているかもしれない。

ジークフリートはまだこの場に残るつもりのようで、外の景色を見つめたままだ。

腕を掴まれていた手をやんわりと外すと、ジークフリートの手はどこか名残惜し気だった。

「それでは、失礼いたします」

頭を丁寧に下げ、踵を返す。

「ノエル」

振り返れば、ジークフリートが何かもの言いたげな顔で、こちらを見ていた。

「あの……？」

「いや。色々、辛くあたって、悪かった……」

ジークフリートの言葉に対し、ノエルはゆっくりと首を振る。

「さようなら、ジーク」

微笑んだノエルは、あの頃と同じ名でジークフリートを呼ぶ。

一度は、同じ道を歩くことを決めた人。

一人ぼっちになった自分を、家族だと言ってくれた人。

ハッとしたジークフリートは瞳を大きくし、再びその口を開こうとした。

けれど、ノエルはその言葉を聞くことなく、バルコニーを後にした。


予想していた通り、雪の間に戻ったノエルは、血相を変えたバテリシナによって呼びとめられた。

手が冷たくなっていたこともあり、今までどこにいたのだとひどく心配された。

祝賀会はまだ続くようだったが、そろそろ部屋に帰ってもいい頃合いではある。

周りの人々へ軽く挨拶をし、バテリシナを伴いながら退席することにした。

ハームンドが、ノエルに対し深々と頭を下げていたのが、視界の端に見えた。

ノエルが寝室へと戻ると、湯浴みの準備をしてくるとすぐにバテリシナは出ていった。

本当は、すぐにでも身につけている衣装を脱ぎたかったのだが、少しの間我慢するしかないようだ。

小さくため息をつき、寝台の上へと座る。

気を張っていたこともあり、先ほどまでは気づかなかったが、随分疲れていたようだ。

湯浴みの後はゆっくりさせてもらおうと考えていると、寝室の扉が勢いよく開かれた。

一つ一つの動きが静かなバテリシナには珍しい行動に、驚いたノエルは扉の方を向く。

「え……？」

部屋に入ってきたのは、バテリシナではなかった。

「ファリド様？」

先ほどまで雪の間にいたファリドが、正装姿のままその場に立っていた。

どことなく不機嫌そうなのは、おそらく気のせいではない。

「祝賀会は……」

ようやく腰を下ろしたノエルだが、思わず立ち上がる。

「レナートに任せて抜けてきた」

肩にかかっていた礼装用のマントを外し、椅子へとばさりとかける。

そのまま速足でノエルのもとまで来ると、その姿を静かに見下ろす。

「お帰りなさいませ」

微笑んでそう言えば、ファリドはそのままノエルを強く抱きすくめ、勢いよく寝台へと押し倒した。

「え……」

いつになく余裕のない、性急な動作に戸惑う。

ファリドはノエルの首筋へと顔をうずめ、しばらくそのままじっとしていた。

「あの……」

戸惑うように声をかけると、ようやく顔を上げ、不機嫌そうに呟いた。

「お前の身体から、いろんなにおいがする……」

「え？　くさいですか？」

獣人は、人よりも鼻がいい。慌ててノエルは自身の服へと鼻を近づける。

確かに雪の間は人が多かったこともあり、室内温度も高くなっていた。

クラシカルな衣装は袖も長いため、もしかしたら汗ばんでいたのかもしれない。

「すみません、すぐに湯浴みを……」

「違う、そうじゃない。だいたい、お前のにおいだったら汗なんて気になるはずがないだろう。そんなの、何度もかぎ慣れているんだから」

それでは、一体どういうことなのだろうか。

ファリドの言葉の意味がわからず、すぐ傍にある顔を見上げると、面白くなさそうにファリドが言った。

「……他の男のにおいがする。しかも、二人も」

「あ……」

思い当たる節は、確かにあった。レナートとジークフリートだ。

とはいえ、ノエル自身は朝バテリシナがつけてくれた花のかおりの香のにおいしか感じることはできなかった。

「獣人の嗅覚《きゅうかく》は、やはり人間よりも優れているのですね」

感心したようにノエルが言えば、ファリドの眉間に皺が寄る。

「嗅覚だけじゃなく、聴覚も優れてるぞ」

「え?」

ノエルの上半身を抱き起こしたファリドは、ノエルと向き合うように座る。

「ヘルブストの王太子とは、しっかり別れられたのか?」

静かな声で問われるが、その瞳はまったく笑っていない。

ひやりと背中が冷えるのを感じながら、ノエルは黙って頷いた。

「はい。……申し訳、ありません」

なんで謝っているのかノエル自身わからなかったが、珍しく怒りを露《あら》わにするファリドに対し、気がつけば謝罪していた。

「本当は二人きりでなんて会わせるつもりはなかったというのに、アウグストからどうしてもと頭を下げられたからな。死ぬほど嫌だったが、あいつには借りもあるし、仕方なく許したんだ」

おそらく、事前にファリドが人払いをしてくれていたのだろう。

どうりで、あの時誰もバルコニーに来なかったはずだ。

「だいたい、少しだけだという話だったのに……随分長い間話し込んでいたようだしな。だが、ノエルの優しさはやつにとっては残酷だったんじゃないか？」

ノエルはファリドの表情を瞳を大きくして見つめる。

「悪い、盗み聞きなんてするつもりはなかったんだが、途中から心配になってしまったんだ」

「いえ……大丈夫です」

話の内容が筒抜けであったことに恥ずかしさはあるが、後ろめたいことは何もない。

「ただ、お前としては、引導を渡すつもりだったのかもしれないが、あれでは逆効果だろう。おそらくやつはこれから、お前を忘れることもできず、叶うことのないお前への想いを抱え、苦しみながら生きることになるだろうな。……かつての俺のように」

「え……？」

意味深なファリドの言葉に、ノエルは瞳を瞬かせる。

けれど、ノエルの疑問に気づきながらも、それに応えることはなく、穏やかに微笑むだけだった。

「どういう……」

ファリドが長い手を伸ばし、ノエルの首にかけられている笛を取り出す。

小さな銀色の笛は、相変わらず美しい輝きを放っている。

あれだけたくさんの宝石や小箱が並んでいても、ノエルが何かに惹かれるように見つめていた笛だ。

どうして、自分はあんなにもこの笛が気になったのだろう。

「本当に、何も思い出せないか？」

優しく問われ、ノエルも自身の記憶の蓋《ふた》を開けようとする。

けれど、その部分は靄《もや》がかかったように何も見えない。

戸惑いながらも頷けば、ファリドは苦笑いを浮かべ、その大きな手をノエルの額へとあてる。

手のひらが光り、ゆっくりとノエルの中に記憶が流れ込んでくる。

そうあれは、今から十年以上前のことだ。

ノエルの住んでいた屋敷の裏手には、大きな森があった。

幼いノエルはその森が大好きで、使用人に用がある者がいれば必ずといっていいほどついていった。

虫や鳥、そして動物……森の住人たちのことがノエルは大好きで、一度山に入れば、あたりが暗くなるまで一日中遊んだ。

そしてある時、ノエルは見つけたのだ。

銀色の、美しい虎を。

自分の身体よりも大きな、銀色の毛並みを持つその虎を見つけた時、ノエルはすぐに動くことができなかった。

ちょうど冬の終わりの、雪解けの季節だったこともあるだろう。

かろうじて残った白い雪の中で佇《たたず》むその虎の姿は美しく、そして勇ましかった。

普段のノエルであれば、動物を見つけても無暗《むやみ》に自分から近づくことは滅多にない。

動物たちの住処《すみか》に足を踏み入れることは、彼らの土地を汚すのも同然のことだと思っていたからだ。

けれど、ノエルは気づいてしまった。白銀の虎の身体から、おびただしいまでの血が出ていることを。

今思えば、傷はそれほど深くなく、死には至らないとわかるのだが、そんなことは知らぬ幼いノエルは、ひどく驚いた。

自分が怪我をした際につけるよう持たされた薬を使おうと近づき、そして、虎はその研ぎ澄まされた爪をノエルの身体へと立てた。

身体が引き裂かれるような痛みと、服に滲《にじ》んだ血の色に、自分が虎の爪により傷つけられたことがようやくわかった。

けれど、ノエルは諦《あきら》めることなく虎へと近づいていく。

「大丈夫、怖くないよ？」

ノエルの様子に、さすがの虎も驚いたようだ。

ブラウスを血に染めながら虎へ近づくと、虎の傷ついた患部へと自身が持つ薬を丁寧に塗っていく。

痛みを感じたのか、わずかに身体が動いたが、虎はそれを甘んじて受け入れた。

薬を塗ると、ポケットから大きな布を取り出し、患部を縛って止血する。

されるがままになっている虎に対し、ノエルは痛みをこらえながらも笑いかけた。

その日から、毎日ノエルは虎のもとへ通った。

動けなくなっている虎に、薬と食べ物を運ぶためだ。

戸惑いながらも、少しずつノエルに慣れていった虎は、三日目に食べ物を口にしてくれた。

傷も瞬く間に回復し、七日も経つ頃には動き回れるようになっていた。

まるで自分のことのように喜ぶノエルに、虎が話しかけた。

「……お前は、俺が怖くないの？」

虎の言葉に、ノエルは驚いた。けれど、叔父に聞かされていた虎族の話を思い出し、すぐに大きく頷いた。

「怖くないよ。とってもきれい」

そう言って微笑みかければ、なぜか照れたように虎が視線を逸らした。

その日から、少しずつ二人は話をするようになった。とりとめのない話ではあったが、ノエルはそれがとても楽しかった。

けれど、一人と一匹の穏やかな時間は、長くは続かなかった。

数日後、ノエルがいつも通り食べ物を持っていくと、すでに虎の姿はなくなっていった。

寂しく思う気持ちもあったが、自分の国へ帰ったのだと、そう思った。


それから、半年ほど経った頃のことだった。

ノエルは再び、虎と森の中で相まみえることになった。

悠然と佇むその姿に、あの時の虎だとすぐにわかった。

再会できたことの嬉しさに、ノエルは虎へと近づいていく。

けれど、ノエルの記憶はそこで途切れた。

最後に脳裏に残ったのは、虎の首にかけられていた、銀色の笛だった。

ファリドの手のひらが、ノエルの額から離される。

まるで、夢でも見ていたような気分だった。

「……あの時の虎が、ファリド様だったんですね」

ファリドが頷き、そしてそのまま深々と頭を下げた。

「え？　ファリド様？」

「ずっと黙っていて、すまなかった。すぐにお前の記憶を戻すべきだったし、何度か試みようともしたんだが、怖気づいてしまったんだ」

「どうして、ですか……？」

「あの時の俺は、ひどかっただろう？　手当てをしようと近づいてくれるノエルを傷つけ、食事だって毎日運んでくれたのに、礼も言わずにいなくなって……できれば、あの頃のことはなかったことにして、お前と新しい関係を築いていけたらと、そう思ったんだ。ムシのいい話だよな？　印象の悪い頃の記憶を消して、新しく良い印象を持ってもらおうだなんて」

ファリドが自嘲《じちょう》するようにそう言ったが、記憶が残った今でも、ノエルの中のファリドの、虎の印象は悪くなんてない。

ただ、あの時の虎がファリドで、再び出会えたことが、単純に嬉しかった。

それをファリドに話せば、ファリドはホッとしたように、安堵《あんど》のため息をついた。

「実は、先ほどまで少し緊張していた。もし記憶を戻し、今の俺の印象まで悪くなって、嫌われたらどうしようかと」

本当によかった、とファリドはいつも通りの、美しい微笑みを浮かべる。

「だけど……どうして、あの時ファリド様は僕の記憶を消したんですか？」

あの頃、ノエルは母にだけファリドのことを話していた。

森で大きな美しい虎を見たこと、最初は近寄るだけで威嚇《いかく》されてしまったが、今はだいぶ仲良くなれたこと。

ノエルの話を、母は嬉しそうに聞いてくれていた。

身体が弱く、床に臥《ふ》してしまうことの多かった母との数少ない思い出でもあったため、ノエルとしてはできれば覚えていたかった。

「悪い……俺も、本当はお前に俺のことを忘れて欲しくなかった。だけど、あの時はそれ以外の手段が見つからなかったんだ」

「え？」

「お前の看病のお蔭で、動けるようになった俺はすぐさまヴィスナーへと戻った。お前を妃に迎えたいと、父に進言するために」

「……え？」

驚くノエルに、悪戯っぽくファリドが微笑む。

「ノエル、今の俺の姿は、ノエルにどう見える？」

「へ……？　いつも通りの、ファリド様ですが」

どこか突拍子もないファリドの問いに戸惑いつつも、ノエルは答える。

「いつも通りって？」

「切れ長の青い美しい瞳、高い鼻梁《びりょう》に、形のよい唇……初めて会った時、この世界に、こんなに美しい方がいるのだと驚きました」

言いながら、ノエルの顔はほんのり赤くなる。

ファリドはそんなノエルの頬を両手で優しく包み込み、微笑んだ。

「そうか、ノエルにはそんなふうに俺の姿が見えているんだな」

「……僕には？」

「ヘルブストにいた頃、お前は俺の顔の評判をどんなふうに聞いていた？」

「そ、それは……」

噂話とはいえ、そのまま伝えていいものだろうかと、ノエルは躊躇《ちゅうちょ》する。

「恐ろしい形相をしているとか、目もあてられないほど醜い姿だとか、そんなところか？」

「どうしてそれを……」

「まあ、こちらの耳にも色々と入ってくるからな。そうか、そんなふうに見えるのかと、なかなか興味深かったな」

「その方たちの目が、おかしいのです」

ノエルは外見で他者を判断することはないが、かといってこんなに美しいファリドがなぜあのような言われようなのか、理解ができなかった。

「いや、おそらくやつらの目には、そう見えているんだろうな。俺の姿は、その人間の心を映しだす、鏡のようなものなんだ。心の醜い人間にはこれ以上ないほど醜悪な姿に見えているはずだ。だから、本来の俺の姿を見ることができるお前は、それだけ美しい心を持っているってことだ、ノエル」

言いながら微笑むファリドの言葉に、ノエルはひどく驚き、そして戸惑った。

「そんな、まさか……」

けれど、思い当たる節はあった。ハームンドはファリドを強面であると言っていたし、今日話したジークフリートは、なんの変哲もない、真面目な顔だと評していた。

「俺は生まれながらに強い力を有していたからな。その分、父の期待は大きかった。俺の代になれば、ヴィスナーはますます発展するはずだと。生まれてすぐに母とも引き離されて育った。母に抱かれた記憶もなければ、それを寂しく思ったこともなかった。ヴィスナーの皇帝に選ばれる人間は、気持ちの希薄な人間が多い。余計な情があれば、皇帝として判断を誤る可能性がある。感情よりも、より冷静に、理性的になるよう育てられる。優しさや他者への情など無意味だと言われてな。ただ、母が死に、涙一つ出なかった俺の隣で、レナートが号泣しているのを見た時には、自分の冷淡さに、寒々しい気持ちにはなった。それでも、あの頃の俺にはおおよそ感情というものがなかった」

穏やかな口調から紡ぎ出されるファリドの話は、悲しく、残酷なものだった。

かける言葉が見つからず、ノエルは自身の唇を噛む。ファリドは困ったように笑い、そんなノエルの唇へと優しく触れた。

「そんな顔をするな。母も、一緒に暮らしていたレナートの方を可愛がっていたし、仲睦まじい二人の姿を見ても何も感じない、冷たい獣人だったんだ。母が唯一贈ってくれた銀の笛だって、渡されたからつけていたようなものだった。だが、お前と出会ったことにより、その考えは変わった」

「え？」

「あの時、好奇心から人間の国を見に行ったものの、ちょうど人型をとっていたこともあり、出会った人間たちにひどく気味悪がられてな。化け物だ、追い払えと矢を放たれ、咄嗟のことに間に合わず、いくつかの矢に当たってしまった。すぐに獣化して逃げたものの、俺の中の人間の印象はこれまで以上に最悪なものになっていた。お前と出会ったのは、そんな時だった」

ノエルは、あの時のファリドの姿を思い出す。呻き声を上げて威嚇していたファリドは、ノエルのことを鋭い瞳で見ていた。けれど、恐ろしいという感情はまったく芽生えなかった。ファリドが、とても傷ついているように見えたからだ。

「鋭い爪でお前を傷つけてしまった時、ひどく後悔した。小さなお前が、俺を害するわけがないとわかっていたからな。ただ、それでもあの時の俺はひどく混乱していて、気持ちを落ち着けることができなかった。だけど、そんな俺に対し、なおもお前は傷口に薬を塗ってくれた。最初は、ただ驚いた。なんの見返りもない愛情というものに触れたのは、初めてのことだったからだ。そして、いつしかお前に会えるのが嬉しくなり、笑いかけてもらえるととても幸せな気持ちになった。これが、愛という気持ちなんだと、初めて知った。この笛を俺に贈った母の気持ちも、ようやくわかった」

ノエルが、自分の首にかけられた笛へ目を落とす。

「この笛は、母が持つ力の全てを込めて作られたものだ。特別な造りになっていて、吹いた者のことを真に愛する者にしか音は聞こえない。その話を聞かされた時には何も思わなかったが、俺に何かあった時は、母は駆けつけられるようにしていたんだろう。お前と出会い母の気持ちがわかり、ようやく俺はその死に涙を流すことができた。そして国に帰った俺は、すぐにお前を妃に迎えたいと父に進言した。そして……父は怒り、お前を殺そうとした」

「え……？」

「父の中では、俺は同じ虎族の女を娶《めと》り、世継ぎを残すことが当たり前だと思っていたからな。人間の、しかも子の産めぬ男を娶るなどとんでもないと、反対するばかりか、俺の心を惑わしたとしてお前の存在を消そうとした。当時の父はまだ健勝だったからな。逆らうこともできず、苦肉の策として俺はお前の記憶を消すことにした。お前を助けるためには、他の手段が見つからなかったんだ」

「そう、だったんですか……」

「だけど、俺の中の記憶は消えることはなかった。むしろ、二度と会うことはないとわかっていながらも、日に日に募っていった」

　ファリドが、愛おし気にノエルを見つめる。

「前にも話しただろう？　虎族は、一度決めた伴侶に対し強く執着すると。お前への想いは消えることなく俺の心に残り、それはポリーナを妃に迎えても変わることはなかった。ポリーナだけではない。この十年、俺はどんな人間と出会っても、心が惹かれることも、気持ちが動くこともなかった。そして、そんな俺の気持ちに気づかぬほど、ポリーナは愚鈍な女ではなかった。そんな生活が耐えられなかったんだろう、いつしかポリーナは宮殿を出ることが多くなった。その身体に他の男のにおいを纏《まと》わせながら」

「……他に、恋人ができたということですか？」

寂しさを埋めるためには、仕方がなかったのかもしれないが、それはあまりに夫であるファリドに対し不義理ではないだろうか。そんなノエルの気持ちを読み取ったのだろう、
ファリドは苦笑いを浮かべて、頷いた。

「ああ、だけど……それすら俺にとってはどうでもいいことだった。むしろ、あの頃は同《どう》衾《きん》することでさえ苦痛になっていたからな。かえって、他に関心が向いてくれるのを幸いだと思っていたくらいだ。けれど、結果的にそれは最悪な事態を招くことになった」

ファリドの口調が、ひどく重たいものになる。

「……ポリーナの死は事故ではなく、心中だったんだ」

ノエルの瞳が、大きく見開く。

「正確に言えば、無理心中になるな。ポリーナの恋人は、貴族の若い人間の男だった。ポリーナは随分入れあげていたようで、将来の約束すらしていたそうだ。けれど、男にとってはポリーナとの関係は遊びに過ぎなかったんだろう。結婚が決まった男は別れを切り出し、そして激高したポリーナは獣化し、男を殺そうとした。自分たちの主《あるじ》が虎に襲われていると思った人間たちは、虎を撃ち殺した。そして……殺されたポリーナが獣人の姿に戻り、深い傷を負った男は父親に事情を全て説明して、こと切れた。とても、公にはできな

い話だからな。俺はポリーナの死を事故死とすることを約束し、この件に関しては徹底して箝口令《かんこうれい》を敷くよう交渉した。皇妃が人間の男と不貞行為を働いた末に殺されたなんて、あまりにも外聞が悪すぎる。さすがに、あの時はポリーナに申し訳なく思った。だけど……その一方で、僥倖《ぎょうこう》だとも思ってしまった。これで、お前を妃に迎えることができると」

ノエルのことは、密かにずっとファリドは調べさせていたのだという。王太子の婚約者となっていることも知っていた。けれど、それでもなお、諦めることができなかった。

「曲がりなりにも他国の王太子の婚約者を掠《かす》め取ろうとしているんだ、レナートからは狂気の沙汰だとも言われた。だが、どうしてもお前を諦められず、懇意にしていたアウグストに秘密裏に相談した。最初は難色を示されたが、最終的には折れてくれた。もっとも、さすがに直球でお前を指名するわけにはいかないからな。表向きは、お前の通っていた学院から選ぶようにしろと言われたんだ」

先ほど言っていたファリドのアウグストへの借りとは、おそらくこのことなのだろう。

確かに、最初からアウグストからはヴィスナーの皇妃になるよう勧められていた。あの時には軽口だと思っていたが、今思えばこういった意図があってのことだったようだ。

「どうして……この話を僕に……」

あまりの情報量の多さに戸惑い、深く考え込んでしまったノエルが、ようやく口を開けば、ファリドが困ったように笑った。

「本当は心の中に留《とど》めておこうと思っていた話だった。だが、お前とヘルブストの王太子の話を聞いて……やはり、真実を伝えるべきだと思った」

ファリドがノエルの手を取り、ゆっくり手の甲へと口づける。

「俺の心の中にいるのは、今も昔も、お前だけだ。そして、この想いは生涯消えることはない」

真摯《しんし》な瞳で、ファリドがノエルを見つめる。

瞬間、ノエルの瞳からはらりと涙が零れ落ちてきた。

「……ノエル？」

「ごめんなさい、僕、嬉しくて……」

自分がどんなにファリドを愛していても、ファリドの愛が自分だけに向けられることはないと思っていた。

ファリドの心の中にはポリーナがいて、彼女を越えられることはないと。

だから、ポリーナの存在ごとファリドを愛するつもりだった。

それでもやはり、胸の奥底では、決して一番になることができない悲しみを感じていた。

だけど、そうではなかったのだ。ファリドは、ちゃんと自分のことを愛してくれていた。

ノエルはそれが、とても嬉しかった。

ファリドは、ノエルが流し続ける涙を、舌で舐めとり、そしてその身体を抱きしめた。

暗がりの中、ファリドの手がノエルの身体に触れていく。

ファリドの手で触れられるたび、ノエルの身体は熱くなっていく。

「はっ……あっ……」

肩で息をするノエルの唇を、ファリドがその口でふさぐ。

口の中へザラザラとした感触のファリドの舌が入ってくる。

未《いま》だにたどたどしさは残るが、懸命に自身の舌を絡ませる。

粘膜の触れ合いが、こんなにも気持ちがいいことを、ノエルは知らなかった。

上気していくノエルの肌を見つめたファリドが、嬉しそうに耳元で囁く。

「本当に、お前は可愛いな」

身体の向きを変えたファリドがノエルの性器を口に銜えると、ノエルも自分の目の前にあるファリドの怒張を懸命に銜える。

すでに何度目かになる行為だが、抵抗は最初からまったくなかった。むしろ、ファリドの太く逞しいそれが、ノエルの口の中で変化していくのがとても嬉しかった。

ノエルの小さな口では、それこそ全てを銜えることは難しかったが、それでもファリドはとても喜んでくれた。舌を使い、ちろちろと口の中の牡《おす》を舐めれば、元々大きなそれは、さらに固くなっていく。

「やっ……はっ……」

夢中になっていると、今度はノエル自身を口に銜えたファリドにより、強く刺激される。耐えきれず、口を離すと、小さく笑われてしまった。

けれど、再びそれを口腔内に入れようとすれば、その前にノエルの身体は一気に仰向けにされてしまった。

「これ以上刺激されたら我慢できそうにない」

言いながら、ファリドはサイドテーブルにあった香油を手につけ、つぷりとノエルの秘孔へと長い指を入れる。

「あっ……」

すでに、何度もファリドを受け入れているその孔は、すぐに指を受け入れてしまう。

「すごいな、ノエルの中、ひくひくしてる」

「言わ……ないでください……」

恥ずかしさに、首をふるふると横に振ればファリドが口の端を上げた。

「あっ…………！」

指の本数が増やされ、パラパラとノエルの胎《はら》の中をかき回していく。

そうしながらも、片方の手でノエルの胸元の尖りを摘《つま》み、もう一方を舌で嬲《なぶ》っていく。

ぷくりと起《た》ち上がったそれは、刺激に喜び、身体中の性感帯に触れられたノエルは、頭が真っ白になっていく。

もっと強い刺激を求め、自然と自身の腰が動いていることにノエルは気づいていなかった。

「悪い、もう、そろそろ俺も限界だ」

大きく開いた足を軽々と持ち上げたファリドが、ゆっくりと腰を進めていく。

屹立《きつりつ》が、ノエルの中へと挿《はい》っていく。

「はっ……………」

痛みはないが、圧迫感を感じるこの瞬間は、やはりいつも緊張してしまう。けれど同時に、これ以上ないほどの幸せも感じていた。

ようやく収まったファリドの肉茎が、ノエルの中で動き始める。

「あっ……やっ……激しっ……」

ファリドの腰の動きが速くなり、ノエルも必死でその身体へと手を回す。

息が切れ喘《あえ》ぎ声が漏れる。

ファリドが、蜜《みつ》を垂らしているノエルの先端をその手で包み込む。

「ひゃっ……ああっ……」

上下に性器をさすられながら、抉《えぐ》るようにノエルの感じる場所を突かれていく。

「あっはっ……！」

「お前のここが、俺のことを離さないぞ」

これ以上ないほど広がった襞《ひだ》を、円を描くようになぞられる。

「はっ……あぁっ……」

もう何も考えられなかった。ただただ気持ちよさに、溺《おぼ》れてしまっていた。

ずんっと一気にファリドの腰が深い部分へと挿入され、何か温かいものが注がれる。

ノエルの中心もほぼ同時に、その精を吐き出した。

汗ばんだノエルの前髪をかきあげ、ファリドが愛おし気にその額へ唇を落とした。

それに対し、ノエルも精いっぱいの笑みを浮かべる。

耳元に口を当て、ファリドがノエルに愛の言葉を囁いた。

「はい……僕も、愛しています。ファリド様」

ファリドが、とても嬉しそうに、幸せそうに微笑んだ。

一年後。

――豊穣《ほうじょう》の春。


雪が解け、土の下で眠っていた草花が芽吹き、開花する。

長く、厳しい冬を越えたヴィスナーの民は、春を迎える歓びを一際強く感じる。

謝肉祭は各地で行われ、各々で春の訪れを喜ぶのだ。

そんな、ヴィスナーにおいて一番美しい季節に、ノエルとヴィスナー皇帝・ファリドの婚礼の日取りは決まった。

ポリーナの死から二年が経過していることもあり、身内である貴族の中にも反対する者は誰もいなかった。とはいえ、二人の婚姻はヴィスナー国教会によって認められているため、すでに書面の上ではノエルは正式な妃となっている。国庫の負担を減らすためにも、式は省略してもかまわない、とノエルは控えめに言ったのだが、ファリドによってすぐにその提案は却下された。

「民は皆、俺の新しい妃のお披露目を望んでいる。民を喜ばせるためにも、式は挙げるべきだろう?」

日々発展を続けているヴィスナーではあるが、農村部によっては不安定な生活を強いられている場所も多い。そういった人々の生活を少しでも豊かにできないかと、ノエルが常に考え、行動していることをファリドはよく知っている。

だから、そう言われてしまうとノエルも異を唱えられなくなってしまう。

「喜んで、いただけるでしょうか……」

けれど、それでもノエルは不安な気持ちの方が強く、思わずそんなふうに零してしまった。

差別感情はなくなってきているとはいえ、生国であるヘルブストの人間はどこか虎族であるヴィスナーの獣人を忌避している。だから、虎族も人間に対し、何かしらの負の感情を持っていると思ったのだが、意外なほどにヴィスナーの人間はノエルに対し好意的だった。

この一年の間に、何度かファリドに伴われ、街を訪問したのだが、ノエルに向けられる視線は温かいものだったことからも、よくわかる。

しかし、それはあくまでファリドの手前もあるからで、心からそう思っているのかはノエルにもわからない。

ファリドは毎日のように可愛い、きれいだと言ってはくれているが、ノエルの容姿はファリドに比べると素朴だ。

婚礼を挙げてもらえるのは嬉しいが、明らかに見劣りする自分が隣に並ぶことで、ファリドまで悪く言われるのではないかと、想像しただけで気持ちは沈んでしまう。

けれど、ノエルがそんな自分の気持ちをぽつりぽつりと話せば、ファリドはこれ見よがしな大きなため息をついた。

「ノエル……お前の控えめなところは愛おしいが、もう少し自分に自信を持ってもいいんじゃないか」

ファリドの言葉に、ノエルは困ったような笑いを浮かべる。

この二年近く、ファリドと日々過ごしたことにより、ノエルは少しずつではあるが自分の気持ちや思いを口に出せるようになった。

それは、ファリドがその深い愛情をもってノエルの考えを、ノエル自身を大切にし続けてくれたからだ。

ノエル自身、以前よりも自分のことが好きになれたし、言葉を発するときにつっかえることも少なくなった。ただ、それはあくまで内面の問題で、外見に関しては今更どうしようもない。前皇妃であるポリーナが長身の華やかな美人だと聞いていることもあり、人前に出るのはどうも億劫《おっくう》だった。

しかしそれを口にすれば、間違いなくファリドが気落ちしてしまうためとても口にすることはできない。

状況が状況であっただけに仕方がないことだったとはいえ、ファリドはポリーナとの結婚を悔いていた。自身の感情に蓋をして、結果的に愛のない結婚をポリーナに強いてしまったこともあるが、何よりノエルへの愛を貫けなかったことへの悔恨の念が強いのだ。

ノエルとしては、それでも長い間自分を想い続けてくれたことに感謝こそすれ、不快感など抱いたことはない。だからこれは、ファリド自身の気持ちの問題なのだろう。

また、ノエルが再会してからしばらくの間、ファリドの愛が自分ではなくポリーナの方に向けられていたと誤解していたこともあるのだろう。

ファリドは、ノエルが不安にならぬよう常に愛の言葉を囁いてくれる。そして、ノエル自身も、最近はささやかではあるがファリドへの想いを口に出せるようになってきた。

「……そもそも、お前は少し自分の外見に関して誤解しているぞ」

「え……？」

「民の間でも、大きな瞳や、小ぶりな鼻や口が愛らしいともっぱらの噂だ。……容姿にうるさいレナートのやつだって、最初からお前の外見には文句がなかったようだしな」

黙ってしまったノエルに対し、少し面白くなさそうにファリドがその口を開く。

「何より、この明るい髪の色がいい、とみな言っている。陽の光と同じ色だからな。まるで、春の妖精のようだと」

そう言ったファリドが、優しくノエルの髪を梳《す》く。

以前は赤毛が目立たぬように短く切っていた髪は、ファリドが気に入ってくれたこともあって、今では肩より少し長い場所で切り揃《そろ》えられている。

改めて自分で口にすれば、気恥ずかしくて顔に熱が溜《た》まる。

長く国を閉ざしてきたヴィスナーは、独自の文化を築いており、絵画にもその傾向がみられる。春の訪れを知らせる妖精の髪の色は、確かに明るい橙《だいだい》色に描かれていた。

ヘルブストでは揶揄《からか》いの対象でしかなかった赤毛を、そんなふうに言ってもらえるとは思いもしなかった。

「お前は俺自身がただ一人請い、選んだ妃だ。出会った日から、いつかお前と祝言を挙げられたらと、ずっと願っていた」

ノエルが、瞳を大きくする。

二人が出会ったのは、今から十年以上も前のことだ。

そんなにも長い間、ファリドは自分を想い続けていてくれたのだ。

顔を赤くしたノエルに、ファリドが優美に微笑みかける。

「俺のためにも、式を挙げてくれないか？」

ノエルはファリドを見つめ、はっきりと口にする。

「はい、喜んで」

ノエルの言葉に、ファリドはその大きな身体でノエルの身体を優しく包みこんだ。

半年ほど前に皇妃教育を終えたノエルは、今は皇妃としてその公務を少しずつ増やし、確実にこなしている。

歴代の皇妃は芸術や文化を奨励してきたが、ノエルはさらに農作物の品種改良や、ヴィスナー全土に診療所の数を増やすといった医療面にも携わっていた。

獣人は人間よりも身体能力が勝っていることもあり、その分自然信仰が強いことは、ヘルブストでヴィスナーの文化を学んでいたノエルはあらかじめ知っていた。

高熱が出た際に医師の投薬よりも祈禱《きとう》師に念じてもらうという方法をとる農村も少なくはない。

ノエルはそんな獣人の意思も尊重しつつ、医療の手を伸ばしていきたいと思っていた。

そういった誠実で、丁寧なノエルの仕事は評価され、宮殿の人間からも信頼を得ていた。

そんなふうに皇妃として公務を行いながらも、ノエルが何より大切にしたのはイリヤとタチアナと過ごす時間だった。

二人の挙式の日取りが決まったことをファリドが告げた時、タチアナは喜んでいたが、イリヤの顔が少し強張《こわば》っていたことにノエルは気づいていた。

それは気のせいではなかったようで、日に日にイリヤの元気はなくなり、ついにはユリーナが目を離したわずかな間に、宮殿の中から姿を消してしまう、ということがあった。公務中のファリドも呼び、宮殿中の獣人たちによる大捜索が行われた。

厨房《ちゅうぼう》の食糧庫の片隅に震えているイリヤをノエルが見つけたのは、日も暮れかけた頃だった。近くにいた厨房の人間に、イリヤを見つけたことを伝えてもらい、ノエルはイリヤと二人きりで話をした。

最初は涙を流すだけで、なかなか話してくれなかったイリヤだが、ノエルがあれこれと話しかければ、ようやくその小さな口を開いた。

二人が式を挙げることは嬉しい、だけど、皇妃としての仕事が増えれば、ノエルと会えなくなってしまうのではないか、それをイリヤは心配していたのだ。

実際、イリヤの生母であるポリーナは公務を行う一方で、二人の子どもの養育はほとんど乳母やユリーナに任せていた。

ポリーナが特別冷淡なわけではなく、ヴィスナーの皇族は伝統的に養育係の手によって育てられる。ノエルが聞く限りでは、ポリーナ自身も子どもの養育にはそれほど関心がなかったようだ。

ここのところ、ノエルの方も婚礼の準備で忙しく、イリヤと遊ぶ時間がとれていなかったこともあるのだろう。このままノエルとますます会えなくなるのではないかとイリヤは心配し、精神的にも不安定になってしまったのだ。

ノエルはそんなイリヤの不安を取り除くように強く抱きしめ、謝った。

そしてそれからは、どんなに多忙な日でも、必ずイリヤとタチアナの話を聞く時間を設けるようにした。


ヴィスナーで過ごす二度目の春を迎える頃、ファリドとノエルの婚礼は挙げられた。

天候にも恵まれ、朝から国中はお祭り騒ぎだった。

王の間で行われた式典は、重臣と、他国の招待客が見守る中、厳かな雰囲気の中行われた。

真っ白な美しい婚礼衣装とヴェールをつけたノエルの頭には、サークレットが光り輝いていた。今日のために、ファリドが自分のクラウンに使われた宝石と同じもので特別に作らせたものだ。

赤と黒、といった式典用の礼装を着用したファリドが長身であることもあり、小柄なノエルはより可憐《かれん》に映った。

来賓の中には、体調の回復したヘルブスト王の姿もあった。

式典の前に少しだけ話をすることができたが、同盟締結の礼を言われ、さらにジークフリートの話も少しだけした。

あれからノエルは、何度かジークフリートとは手紙のやり取りを行っていた。ファリドは少し面白くなさそうだが、内容は互いの近況を知らせるたわいもないものであるし、最近は昨年クリームヒルトが生んだ王子に関する内容が、文面の大半を占めていた。ああ見えて、意外と子煩悩のようだ。

出会った頃と同じような、親友同士に戻れたようで、ノエルはそれも嬉しかった。

式典を終えると、ノエルはファリドとともにバルコニーへと向かった。

宮殿で行われるパーティーの前に、ヴィスナー国民に二人の姿を見せるためだ。

広場には、二人の姿を一目見ようと、溢れんばかりの獣人が集まっている、と聞かされていた。

薄暗い中、目の前にある緑色のカーテンが開かれるのを、ノエルはファリドと二人で待った。

「緊張しているか？」

こっそりとファリドに話しかけられ、ノエルは隣を見つめる。

小さく頷けば、柔らかく微笑まれた。

「安心していい、春の妖精にも勝る美しさだ。生きとし生けるものの中で、お前ほど美しい存在を俺は知らない」

その言葉に、早鐘を打っていたノエルの胸に温かいものが広がる。

「……ファリド様」

「なんだ？」

自身を奮い立たせるように拳をギュッと握りしめ、ノエルがその口を開く。

「僕を想い続けてくれて、諦めないでいてくれて、ありがとうございます」

ファリドの瞳が大きく見開かれた。

「僕も生涯、ファリド様だけを想い、愛し続けます。どうか、ずっとお傍にいさせてください」

ノエルがそう伝えた瞬間、ファンファーレの演奏が終わり、カーテンが両側に思い切り開かれた。

広場に集まった獣人たちが、バルコニーに立つ二人の姿に盛大な拍手と、これ以上ないほどの歓声を上げた。

バルコニーに立った皇帝は、新しい妃の身体を強く抱きしめ、その唇へと口づけていた。

あとがき

初めまして、こんにちは。はなのみやこです。

ファンタジーのイメージが強いラルーナ文庫さんで、ファンタジーものを書かせて頂いてとても嬉しいです（デビュー作もそうなのですが、歴史とファンタジーは大好きなんです）。そして獣人もの……！　こちらもとても嬉しかったです。嬉しいことだらけですみません。私は、本当に小説を、物語を紡ぐことが大好きなのです。

今回、某日本刀のゲームから大ファンの藤未都也先生にイラストを担当頂き、素敵なラフ画が届くたびに幸せな気分になりました。ありがとうございます。優しい担当さま、そしてこの本を出版するのに携わってくださった方々に、深く感謝しております。

何より、この本を手に取ってくださった皆さま、本当にありがとうございます。少しでも楽しんで頂けましたら、とても幸いです。

令和元年　冬　はなのみやこ

ラルーナ文庫

この本を読んでのご意見・ご感想・ファンレターなどお待ちしております。〒111-0036 東京都台東区松が谷1-4-6-303 株式会社シーラボ「ラルーナ文庫編集部」気付でお送りください。

本作品は書き下ろしです。

虎《とら》族《ぞく》皇《こう》帝《てい》の果《は》てしなき慈《じ》愛《あい》

2020年2月7日　第1刷発行

著　　者｜はなの みやこ
装丁・DTP｜萩原 七唱
発 行 人｜曺 仁警
発 行 所｜株式会社 シーラボ
〒111-0036　東京都台東区松が谷 1-4-6-303
電話　03-5830-3474／FAX　03-5830-3574
http://lalunabunko.com
発 売 元｜株式会社 三交社（共同出版社・流通責任出版社）
〒110-0016　東京都台東区台東 4-20-9　大仙柴田ビル 2 階
電話　03-5826-4424／FAX　03-5826-4425
印刷・製本｜中央精版印刷株式会社

　ISBN978-4-8155-3229-1